私は貝になりたい

あるBC級戦犯の叫び

【普及版】

加藤哲太郎

春秋社

雄作氏が、新たにこの時代でも進歩的な気風を残した女子教育の場を私財をなげうって作ると発表した国民生活学院に父にもすすめられて入学しました。今思っても贅沢な教授陣で、永田清、杉森孝次郎、谷川徹三、柳田国男、東畑精一など諸先生のお話を聞くかと思えば、今和次郎先生の生活学、土屋文明先生直々の万葉集の講義もあり、教育学の宗像誠也先生が学校主事というユニークな学校に通う好奇心旺盛な女の子でした。

大森の俘虜収容所や日立鉱山へも何度か兄を訪ねた記憶があります。その時の兄は、ちょっと得意げに私をつれて収容所の中を案内してくれました。収容所で見た兄は、俘虜にギターやハーモニカを演奏させたりして、訪ねて行った私と異国の地にある俘虜たちとの団欒や交流の場をつくり一時の家庭的空気にひたらせ、ねぎらいの場作りにもと心掛けていたのでした。昔から兄とは仲良しで、いつも兄の腰巾着だった私は、戦争の結果、交戦国の俘虜収容所の雰囲気にふれるなど、当時の女性や女子学生が絶対に体験できなかっただろうと思える特異な経験をさせてもらいました。戦時下にもかかわらず、兄のこうした生活ぶりが自然なものとして私の目に映ったのも、父加藤一夫ゆずりの自由主義的なヒューマンな考え方が私にもあり、たとえ敵国の俘虜といえども人間的に交流して過ごすのは至極あたりまえだと感じていたためです。

日立や新潟の俘虜収容所を訪ねたとき、そのころの食糧事情はもう非常に悪くなっていましたが、日本人なら好物のゴボウを食べさせると、「木の根を食べさせられた」とか、タクアンなどは「臭くて腐ったものを食べるよう強制される」と苦情が出たくらいですから、兄は俘虜たちの食糧の確保にとても苦労していました。新潟収容所長時代には、奇しくも応召で新潟飛行場に来ておられた明星学園での同級生、岡崎健児大尉にめぐりあっていました。そのとき二人の親友はお互に連絡をとり、潜水艦を利用して青森方面から魚を入手するなど、俘虜のための動物性蛋白源の確保に苦心したという話を聞いて驚いたことがあります。あんなにまでして、職務とはいえ自分の責任の範囲を越えてまでも預かった俘虜を大切にし可愛がっていた兄ですから、一部の不平分子はともかくも大方の俘虜たちからは親しまれ信頼されていたのです。

責めを負うて地下生活へ

だが終戦となり、昭和二十年八月の玉音放送直後のある日、埼玉県深谷市に疎開していた私達家族のもとへ兄が突然ひょっこり現れました。収容されていたアメリカ軍俘虜将校のひとりから「ポツダム宣言の条項にふれるから収容所関係者は罪が重い！　逃げろ」と忠告されたそうです。兄は考慮のあげく、収容所の部下の人とも相談し、「罪は自分ひとりが引き受けるから、すべては加藤の責任だということにして、皆は助かれ」と約束したと言うのです。そこで自分はこのまま地下に潜る、これからは家族とも連絡はとれぬと言い残して去りました。

加藤一家はその後、川崎市新丸子に帰りましたが、しばらくすると警察から、「哲太郎をかくまっているだろう」と陰湿な追及が始まりました。病弱な父も中原警察署に出頭させられたのですが、妹の美地子がひとまず家で父を看病をするなどとして帰されました。母や私は二十一日間高津警察署に、二男の与志郎や弟の照夫もそれぞれ三十一日間も中原警察署から転々とたらい廻しにされた挙句、最後は東京警視庁まで連れて行かれました。戦争に負けたのですから進駐軍からの少々のお尋ねならまだしも、同胞である日本の警察からなぜこのような扱いを受けるのか絶対に納得できない腹立たしい思いを今に残しています。

兄は結局、昭和二十三年十一月九日に潜れ住んでいた小平の家で逮捕され、十二月二十三日、絞首刑判決を宣告されました。十二月二十八日付で獄中から家族に宛てた第一信は、その兄の心境をよく伝えています。翌年一月四日の第二信から五月までの手紙は、死刑囚としての苦悩にみちたもので、いま読みかえしても胸が痛みます。そんな中にあっても、兄のするどい観察眼と思考力がにじみ出ています。

助命嘆願運動への嶮路

絞首刑という納得しかねる極刑判決を受けた兄のために、わが家では「そんな筈はない」「そんなことがあってよいわけはない」と何としてもこれを助けようと必死の嘆願運動に立ち上がり、まず嘆願に効果的な方法をあらゆる角度から模索しました。父の田辺中学時代の一年下級の友人だった片山哲さん、キリスト教友愛会の賀川豊彦さん、主婦連会長の奥むめをさん、その他多くの著名な方々にも嘆願文を書いていただきました。当時アメリカに亡命していたトルストイの三女トルスタヤさんに父が手紙を送ってお願いすると、彼女は熱涙下るような嘆願文を法廷に送って下さいました。哲太郎の多くの友人知人も共に立ち上がってくださり、前代未聞の膨大な署名や嘆願文の山が横浜の第八軍法廷に提出されたのです。

しかしここに至ったとき、私は軍事裁判の印象から、兄を助けるためにはただ法廷の感情に訴えるだけではなく裁判を更新させるだけの強い「真実」を提示しなければならないと気付きました。私は無我夢中で事実関係を聞き歩いたのです。巣鴨プリズンに何度も足を運んで兄の言い分と照合してみました。いちばん重要と思われるスピヤズに関する第一の起訴理由に疑問を感じ、新潟まで出向いて出来るかぎり多くの関係者から当時の模様を聞き、広橋さんその他の方々から思いもよらぬ貴重な証言をもらうことができたのです。ある時期まであきらめていた兄も、私が面会のたびに「時代は変わったのよ、自分があきらめの境地で死んでいくというのは仕方ないとしても、残される父や母、兄弟、妻子はどうなるのですか」と訴えるのを聞き、少しずつ心を動かすようになりました。

さらに新たに有力な証言や証拠も得られたことを知らせ、マッカーサーに嘆願の手紙を書いて送るよう説得したのです。獄中からの兄の手紙と照合されるとわかりますが、「不二子さんに叱られた」と兄の感想を洩らした記述があります。新しいようには見えても兄の意識の底には、潔く切腹すれば事がすむという古風な武士道精神の澱《おり》のようなものがまだ宿っていたのです。

真実の扉は開かれた

再び生き残る執念に燃えて兄は、五月十日付でマッカーサー宛てに入魂の嘆願文を送ったのです。兄が本気になって書いたその文章こそ、さすがのマッカーサー元帥の心をゆさぶらずにはおかないものだったでしょう。

私も五月十一日付で新事実をふまえた直訴状とも考えた嘆願文をＹＭＣＡで英文に翻訳しても

らうと、熱心に翻訳して下さったその青年に同行してもらい、それを携え皇居前お堀ばたの第一生命ビルのGHQを訪ねました。受付のGIは意外にも中に入る事をすぐに許可してくれました。マッカーサーに何としても訴えたいと私は直訴文を胸に階段を駆けのぼりました。たぶん五階だったかマッカーサーの居室をめがけて行くと、隣の部屋は副官のスモーク大佐などが居る所で、手紙を見せてマッカーサーとの面会を求めました。小娘の私が、若さの一念で駆けこんだGHQは騒然となりました。

時を置かず五日後の五月十六日には、マッカーサーから裁判のやり直し命令が出たのです。そのことはGHQからでなく、兄の手紙で知りました。五月二十三日付の巣鴨からの兄の手紙をみて下さい。死の淵から脱出できると知った兄の、ぐっとおさえた狂気の喜びがつたわってきます。至誠は天につながった、あのマッカーサー元帥も情理を尽くして説いた真実に感じてくれたのだという思いでした。BC級戦犯で書類による再審査で減刑された人は他にもありますが、前の軍事法廷の判決を破棄してマッカーサーが裁判のやり直しを命じたのは、後にも先にもただひとり兄のケースだけなのです。このことは例外中の例外、まさに奇跡が起ったとでもいうべきことでした。しかし、あくまでそれは不幸中の幸いと呼ぶべきものでありましょう。

日本人からは「泣く子もだまる」と怖れられたマッカーサーではありましたが、GHQ総司令官としてのプライドの中にも、やはり人間性のほとばしる措置を急遽決行して、冤罪《えんざい》に葬り去られる直前の兄の命を救ったのです。処刑されてしまったBC級戦犯の方々の事を思うと、運命はまさに紙一重の差で人々の明暗を分けたのだと思わないわけにはいきません。

命を拾った兄は、遺書の形をかりて「狂える戦犯死刑囚」の中で、「私は貝になりたい」の言葉を残したのです。この哲太郎の切実な思いは、戦争がもたらすもろもろの悲劇にむかって、二度と再び戦争など起さぬようにと永遠の警鐘を鳴らし続けると信じます。

今こそBC級戦犯の事を考えよう

しかし兄等BC級戦犯とされた人々の汚名は未だ晴らされておりません。誰が本当に戦争責任を負うべきだったのか。BC級戦犯とは結局何だったのか。戦後五十年を目前に迎える今、あまりにも多くの犠牲を強いられ、何らかの意味においてBC級戦犯とのかかわりを持たされた多くの方々、ましてや、無念にも処刑されてしまった人々、その周辺家族の方々は私と同じように未だふっきれぬ思いを胸に秘めておられることでしょう。昭和二十七、八年当時、兄等がBC級戦犯として巣鴨の中から外にむかって叫んだと同じように、生き残った者も私達家族なども、この思いをお互に忘れないで語りあい呼びかけあい叫びあってゆくことが、再び戦争の悲劇を繰り返さないために何かの力になるかも知れません。この本をお読みくださって何か感じられました事、何か教えて頂けることがありましたらどうぞ何でも左記あてにお知らせいただけましたら幸いです。

この本は奇しき因縁と申しましょうか、父加藤一夫が大正七年八月、日本初の『トルストイ全集』を出版するため、神田豊穂さん、直木三十五さん等と共に創立した春秋社から幾星霜を経て出版されることになりました。この御縁で出版を快く引き受けて下さった神田明さま、またいろいろ御苦労をおかけしました林幹雄さま、松本市壽さまに厚く御礼を申し上げます。

さて、ここに至りますまでに加藤哲太郎のことを長い年月心にかけて下さり、彼に多くの力を与えて下さった皆々様に心から御礼を申し上げます。明星学園の同級同窓生、恩師の方々、関東学院で同級同窓の皆様。そして最後まで彼の心の支えとなり同級生の機関誌『メイ・フラワー』で哲太郎の作品の復活を祈って下さった浅井三良さま。慶応大学の同級同窓生の皆さま、北支那開発株式会社の皆さま、彼の軍隊時代とスガモプリズンでの友人、親戚血縁の皆さん。この本の英文和訳など手がけて下さった関東学院大学教授村上文昭先生、ならびに加藤一夫研究会・記念会の皆さまにも厚く御礼を申し上げます。

一九九四年九月二十日

加藤不二子

目次

私は貝になりたい
——あるBC級戦犯の叫び——

狂える戦犯死刑囚

以下は、かつて戦犯であった一市民の綴り方である。かならずしも事実に基づいてはいないが、全部がフィクションだと考えてもらってはこまる。このへんのことは、やがて時が解明してくれるであろう。

私たち中国戦犯は、内地に帰れば釈放であると言明されて内地に帰ってきた。ところが、私たちを待ちうけていたのは、巣鴨刑務所であり、意地悪なアメリカ兵であった。身体検査がすみ、一ヵ月の隔離期間がおわると、私たち中国戦犯は他の戦犯と一しょになった。私たちは情報を交換し、裁判について語りあった。

私たちは、中国の裁判より以上にでたらめな戦犯裁判や、私たちが夢想だにしなかったところの、戦犯者の被虐待のかずかずを聞いておどろいた。また私たちは、長いあいだの内地の情勢の変化なども、いろいろと教えてもらった。噂によれば、蔣介石の釈放命令を握りつぶしたのは、米軍軍司令部だとのことである。

だが、そのことは誰か別の人が語るだろう。それにそんなことは、この記録では重要なことではない。先を急ごう。

私たちはやがて、他の戦犯たちと一しょに、重労働に出かけるようになった。私はコンモンという雑業班に属していた。大工とかブリキ屋とか、特別な仕事の技能がある者や、そのような職をおぼえたいと思う人は、コンモン以外の特定の作業をやっていた。私のような能なしは一定の仕事がないので、今日はＫＰ（食事当番）、明日はロード・ポリス（道路掃除）というふうに、その日その日を、種々な雑業について働かされていた。

作業場の一つにイエロー（黄色）地区というのがあった。私は、その頃は主としてイエローコンモンに出ていた。コンモン要員はたいてい、アメ公の隙をうかがって油を売るのを仕事としていた。一銭の労賃をくれるでなし、ばかばかしくってまじめに働けるものではない。まあ自分自身で適当だと思うくらい、健康保持のためにハンマーをにぎって、古い煉瓦の塊を割ったり、それを手押車や荷車で運んだりしていた。

だが多くのばあいは、ヤップリ、ヤップリ（無駄話）で時間を殺していた。

イエロー地区には、大きな煙突があって、そこが当時は焼却場になっていた。その日、私はこの焼却の仕事を手伝っていると、ＧＩカンの中にちぎられた鉛筆書きの便箋があるのを発見した。それが入っていたＧＩカンは、明らかに米兵の宿直室から出たものである。それは一しょに捨ててある他の品物でわかった。したがって、細かな字で書かれた便箋が米兵のＧＩカンの中にあったことが、退屈していた私の興味を呼びおこした。一、二片読んでみると、それが、どうやら遺書らしいことに気がついた。ちょうどその日の朝、死刑囚が前夜に巣鴨の絞首台の十三段をのぼったという情報は、すでに電波のように私の耳にも伝わっていた。私はギクリとした。急いで紙片をかき集め、誰にもわからぬように靴下の中に入れ、そのまま靴をはいた。作業が終って、ＧＩの身体検査もぶじに通過した私は、その紙片を監房に持ちこむことに成功した。

その後の数日をついやして紙片をつなぎ合わせてみると、はたしてそれが赤木曹長（仮名）の遺書であることがわかった。便箋十五枚に達筆で、こまごまと記された赤木衛生曹長の遺書を私は、はからずも入手したのである。私はインスペクション（検査）やシェークダウン（捜検）のばあいを慮って、大型の聖書の余白に遺書を写しとった。そして本物は水洗便所に流しすてた。

私は今回釈放になってから、さらにその写しをとり、入手の経路やその他のことを付けくわえて、赤木曹長の遺族におくった。それにたいして、私は未亡人からていねいな礼状をいただいた。ここに掲げるのは彼の遺書であるが、あきらかに遺族にあてられたところは、今すこし差しさわりがあるので、その部分は省略してある。それから説明上必要と思うことは括弧に入れて、私自身が付けくわえた。さらに人名と日付はまだ差しさわりがあるので、とくにさしつかえのないもの以外は仮名にしておいた。日付は年月日のハッキリして具合のわるいところはボカしておいた。やむを得ない処置として、一般の御了承を乞うしだいである。

*

赤木氏の遺書

（赤木曹長は、内地の俘虜収容所のある分所の衛生下士官。その分所の俘虜が病死したのは、彼が薬をやらなかったりして、故意に俘虜を殺したのだという理由で絞首刑を宣告され、のち、精神病者として、米軍第一六三ステーション・ホスピタルに入院していた。その後、巣鴨に呼びもどされ、数日独房にあって、巣鴨刑務所の絞首台で殺された。）

私が生きる時間はあとわずか二十四時間しかない。通訳から、はっきり言いわたされた。ほんとうに長いあいだ私は、この日を待っていた。私は死刑の判決を受けてから数年のあいだ、この日を恐れて苦しんできた。いよいよこの日がやって来て、かえってほっとした。あと二十四時間の命しかないのに、字を書くのは馬鹿らしいと思ったけれど、私は私が狂ったまま殺されるのでないことを、人に知らせるために何か書いておこう。
——中略——（遺族へあてた便箋約五枚）
白い鬼が金網のむこうに折りたたみ椅子に腰かけて、じっと私から目を離さない。ばかな奴だ。私が自殺しないように張番しているお前は、なんとばかな奴だろう。私はあと二十四時間で殺されるのだ。私は確実に死ねる。黒い頭巾を頭からかぶせられ、背中にはオモリをつけられて、十三段高い踏板からストンと下に落ちる。私の頸骨はポキンと折れて、楽に楽に死ねるのだ。わざわざ自殺なんかするものか。そんな痛い思いをするくらいの勇気があれば、私はとっくに自殺していただろう。殺されるならその前に自殺してやろうと考えたのは、判決直後のことだ。死刑囚の心理など、お前にはとうていわかるまい。わかったにしても、その理解に基づいて行動する自由がお前にあるもんか。お前はエンマ大王の配下の、しがない臆病な一匹の白鬼であるにすぎない。
私が今、この頭を壁にたたきつけて死んだなら、お前はさんざんしぼられて、あげくのはては、朝鮮戦線へおっぽり出されるんだ。そんな罪なことが私にできるもんか。かわいそうな白鬼、お前の恋人が泣くだろう、お前のように悪い籤ばかり引いている奴は、もし朝鮮へやられたら上陸して一時間ともつまい。流れ弾なんかに当たってあっさり行ってしまう組だろう。私は自殺しないのだから安心しろ。ありがたいと思え。

一六三ステーション・ホスピタルには、朝鮮行きを恐れて狂人になったかわいそうな兵隊、今では囚人で狂人がたくさんいる。人殺しに行くのが嫌だなんて、なんとかわいい犯罪人じゃないか。私に言わせれば、彼らは徹底した人道主義者だ。人道主義者なるがゆえに犯罪人となるとは、じつにアメリカらしいではないか。

なぜ人間は戦争なんかするんだ。くだらない！　戦争が嫌なものが悪人で、戦争をするのが善人とされる、この理由がどうしても私にはわからない。どうも、それがのみこめない。俺は狂っているのかしら？　いや、俺は狂っていない、アメリカ人が狂っているのだ。

一六三ステーション・ホスピタルのC３ブロックは囚人ブロックだ。そこは狂人と狂人のふりをしているもので満員だ。朝起きた時から夜寝る時まで、白や黒やの狂人のいやな声ばかりが聞こえてくる。猿のような声がする。キャーッ、キャッ、キャッとないている、ウォーッ、ウォーッとなく奴もいる。一番よくなくのは猿だ、キャーッ、キャッ、キャッとなく。けれどよく聞いてくれ、猿はあんなに悲しくはなかなない。臓腑にしみわたるような声だ。ほんとうに私まで悲しくなる。あれを聞いて平気でいられる奴は人間じゃない。キィー、キィーなく奴もいる。これは窓のむこうから聞こえるが、じつはC３の一階からないているのだ。その声がむこうの建物に反響して、むこうのブロックからのように聞こえるのだ。

ほんとうに完全な意味での狂人なんてあるものじゃない。幾分かは正常で幾分かが狂っているのだ。それが軍医が診断して、狂人か狂人でないかをきめてしまう。イエスかノーかである。そのために軍医はあらゆることをやる。たとえば食事や煙草をどんどんやって、それから三日も四日も、何もやらない。電気をかける、注射をする。注射をするとベラベラしゃべりたくなる。しゃべった言葉が人間的な感情の表現だったり、論理的な構成をもっていたら、それが「腹がすいた」であろうと「痛い」であろうとおかまいなし、診断は正常にきまっているようなものだ。そして刑務所へ逆もどり、そして死刑が待っている。みすみす死にに行くような命令をこばんだとて死刑にする。どっちみち死が待っている。一番かわいそうなのは黒ちゃんの狂人、ポロポロ涙を流して泣くんだ。お前が一番人間的だ。お前が一番人間らしいよ。棍棒でめった打ちにされて、「痛い」と言わなければ狂人で、「乱暴するな」と言えば完全な正常人ととられるなんて、このほうが気ちがい沙汰だ。

私は、一六三病院にいた約三年間のことを、何でもかんでも覚えている。頭が痛くなってガンガンした時のことだって、忘れてはいない。ただ、あまり痛い時には、ほかのことがわからないだけだ。

須野軍医がいた。奴はきたない奴だ。大便小便をたれ流すし、小便を飲んだこともあった。もっとも、小便を飲んだ時は須野がいくら頼んでも水をくれない。三日も四日も何も飲ませず食わせずなので、須野は水を欲するあまり、自分の小便を飲んだのだ。すると紙のコップに一ぱい水をもって来て須野の額にブッかけ、「さあ、お前に水をやったぞ。サンキュー・サーと言え」と須野に言った衛生兵のスミット伍長のことは忘れられない。

私は、須野に柄付コップで頭をなぐられたことがある。同じ仲間の囚人をなぐるほどの馬鹿は、ほんとうの狂人かもしれない。松沢病院にいたとき、須野は大川周明じじいの当番をしていたが、その時でも奴はたしかにイカレていた。大川は翻訳なんかしている正常人で、狂人が正常人の世話をしていたわけだ。須野は内地の俘虜収容所の軍医で、逃亡した俘虜を収容所長の命令で注射で殺した奴だから、絞首刑確実候補者のナンバー・ワンだった。それがとうとう不起訴で帰ってしまった。だが、あれじゃ満足に患者を診ることはできないだろう。須野は完全な狂人にちがいない。

人の話に聞けば、戦争中、外地から送られてきた俘虜を受領するため門司に出張した須野は、そこの仮収容キャンプに到着したばかりの俘虜にたいして、「気をつけ」「休め」「気をつけ」「休め」と、くりかえしていたそうだ。だから須野は、戦争当時からの狂人だったのだ。してみると、アメ公の診断は確実なところがあるのかしら?

（須野軍医中尉は不起訴で釈放された。巣鴨の噂ではニセ狂人だろうということになっていた。ある収容所の軍医で、蛋白質を補給のため、俘虜にイナゴを食べることを奨励したので有名、蛇や蛙も食わせたといわれる。)

葦田は俘虜収容所の分所長だった。葦田もやっぱりおかしかった。彼はしじゅう、衛生兵やガードになぐられていた。彼はなんでも反対した。右といえば左、左といえば右、食事を持ってくると少し食って、またはぜんぜん何も食わずに食器をたたきつけるので、アメリカ兵から一番嫌われていた。そのためずいぶん疲労して痩せていた。狂人だからと大目に見るガードや衛生兵もまれにはいたが、そんなことに頓着しないで、やれ食器を投げだした、やれ何をしたとて、さんざんなぐられるのであった。ストレート・ジャケットを着せられて虐待されたナンバー・ワンだ。

(ストレート・ジャケットは肩からきせる。両腕を通す袖があって、腕を組ませたままくくりつけるので両手がぜんぜん動かない、一種の拷問用被服らしい。)

葦田のところには、しばしば面会者があった。もっとも葦田がそう思っているだけのことで、じっさいは面会には来ていないらしい。遠くから面会に来るだけの旅費の工面が、十歳ばかりの子供をかかえた母親に、そうしばしばできるはずはない。葦田は最愛の妻に早く会いたいので、早く妻を呼べと兵隊と押問答をするが、葦田は英語があまりできないので、騒ぎがますます大きくなる。

ある夜中、面会人が突然、葦田を訪れたので大騒ぎがはじまった。結局、葦田はさんざんなぐられ蹴られて、一時静かになったが、まもなく大きな声でわめきだした。すると、精神病担当の最高責任者の軍医少佐がやって来た。ふしぎなことに騒ぎは一瞬にして、ハタと静まった。あわてて人工呼吸や酸素吸入をやったらしいが、葦田はついにそのままになってしまった。軍医が注射薬の分量をまちがえたのか、あるいは葦田の身体が薬にたいする抵抗力を失っていたのか、そのへんのことは誰にもわからない。葦田は当時、私たちとは別の檻に離されていたので、注射をする現場を見たものは囚人には一人もいない。廊下を通る人や、注射器や、運ばれる器具をみての想像で、ここに書いたことだけは最少限度、言いうるのだ。

（葦田大尉はある収容所の分所長で、その分所の俘虜の病死の責任者として、絞首刑は確実であった。彼は、松沢病院と一六三病院を何度も往き来した。松沢に帰ると急に症状が軽くなり、労働しうるくらい元気になる。これが怪しまれて、一六三に呼びかえされるのであったが、彼は米軍の病院で不幸にも死亡した。）

——中略——（葦田大尉についての細かいところは省略）

こんなことを書いていると、いつのまにか、だいぶ時間がたったらしい。もうじき夜が明けるのかもしれない。見張りの白鬼はかなり以前に、新しい奴と交替した。あれが十二時だったかもしれない。新しい奴はとても興味ぶかげに、私を観察している。そして何も言わぬ。今私が金網のところまで行って舌をベロリと出したら、奴は眼を丸くした。なんとも言わないし、怒らない。変った奴だ。たいていの奴なら、棍棒で戸をたたくか、靴で金網を蹴とばすのだろうに。この鬼は見たことがない。年は二十五ぐらいか、しかし毛唐の年はわからない。

小便をする。真黄色だ。熱があるのかもしれない。頭は少しも痛くない。眠くなったら一休みしようと思うが、少しも眠くはない。少し空腹になってきた。水を飲もう。手で水を汲んで飲む。手拭いはないから顔で手をぬぐう。冷たくて気持がよい。

一六三病院では、長いあいだ空腹に苦しめられた。他の囚人患者は十分食う。だが戦犯は二、三割すくない。そして精神病患者はさらにすくない。そして私と奥田は一番すくないのだ。ときどき、たくさん食べさせることもある。そんな時には腹一ぱい詰めこむ。KP（食事当番）がどんどん持ってきて食えるだけ食っていいという。食いだめするつもりで食えるだけ食う。量として一度に米八合分ぐらいも食ったことがある。こんなことがあれば次からはうんと少ししか食わせない。食パンの耳のところを一枚、これが厚さ一分ぐらいだ。コーヒー三勺ぐらい（クリーム、砂糖なし）、グレープ・フルーツ半分、卵一個、ベーコン一片、ホーレン草マッチ箱ぐらい。こんなぐあいで一週間も二週間もつづくと、私たち二人は餓鬼のようになる。食べるときは、まだるっこいのでスプーンなどは使わない、手で食べる。二、三回手が口と皿とを往復するともうおしまいだ。悪いことにすばらしく美味だ。ますます食いたい。私は食事以外は何も考えない。壁にさしこむ太陽の光線を目で追う。次の食事がいつ食えるか、壁の目じるしと光線の関係で測定する。あと一尺、五寸、三寸とそればかり考えている。食事がおわると、次のチャンスは食器さげの時だ。動物園のライオンの鉄格子と同じ鉄格子のあいだから、腕をさしのべる。そしてウーウー、うなる。うなり方が上手だとKPの親切な奴が、他の囚人の食いあましを、私の手にのせてくれるかもしれないからだ。リノリュームの廊下をたくさんの残飯が通る。バタトーストの手のつけてないのもあれば、うで卵もある。肩を格子のあいだに食いこませて腕をのばし盗もうとする。衛生兵に見つかるとなぐられる。なぐられてもかまわぬ。結核患者の残飯であろうと、なんの患者の食い残しであろうと、かまってはいられない。三度に一度は、何かもらえる可能性がある。黒人のKPは、いい奴と悪い奴がハッキリしている。何かくれるか、それともなぐるか、どっちかだ。

食事の後片づけは五分とかからない。この五分が一番、希望と絶望のスリルの時間である。この五分がおわると、あとはときどき薄目をあけて、日光の動きに注意するだけ。

戦犯患者は日本新聞を読ませてもらえない。そのかわり時たま、ガードが英字新聞を入れる。その時は戦犯についての記事や、講和条約が問題になってきたとか、誰々が処刑されたとか、横浜裁判の記事が出ている。これを読ませて私たちの反応をさぐるのだ。死刑囚がバタバタと殺されてゆくのも手にとるようにわかる。もしそんな時、食事をたくさん持ってくるとなると、私たちは今晩殺されるのじゃないかと不安になる。そうすると、今晩やられると信じてしまう。食えばやられると思うと食事が恐ろしくなる。だから食わない。食わなければやられないと思う。ああ食事が恐ろしい。コーヒーもグレープ・フルーツも恐ろしい。卵が一番こわい。三日も四日も何も食わぬ。すると海軍の大沢中将がくる。そしてへたな通訳をする。毛唐が言わぬことまで附加して言う。たとえば、「情勢はいいのだ。巣鴨ではどんどん釈放になっている。君たちはかならず助かる。栄養をとらないと、釈放になってもすぐ死んでしまうぞ」などとおびやかす。自信ありげに、さとすように言うのだ。

大沢は毛唐にオベッカばかり使っている。糖尿病で長いあいだ病院にいる。そして戦犯患者のボスになっている。彼は病院図書館の本を自由に借り、英字新聞を毎日読んだりして、特権をほしいままにしている。食事は一番たくさんもらっている。エキストラのミルクの二箱ぐらいは、いつでも持っている。大沢は戦犯仲間を敵に売っている、憎らしい奴だ。戦争中はきっと、いばっていたにちがいない。だいたい、高級将校でろくな奴はない。裁判で部下を犠牲にすることなど平気なのだ。そして頭がいいから、すぐ兵隊をだまかしてしまう。私たちは軽蔑され、馬鹿にされ、だまかされ、おとしいれられ、踏んだり蹴ったりというところだ。だいたい、軍隊はそんなところだ。二度と軍隊なんかに行くものじゃない。いったい私たちは誰のために戦争したのかしら？　天皇陛下の御為めだと信じていたが、どうもそうではなかったらしい。

天皇は、私を助けてくれなかった。私は天皇陛下の命令として、どんな嫌な命令でも忠実に守ってきた。そして日頃から常に御勅諭の精神を、私の精神としようと努力した。私は一度として、軍務をなまけたことはない。そして曹長になった。天皇陛下よ、なぜ私を助けてくれなかったのですか。きっとあなたは、私たちがどんなに苦しんでいるか、ご存じなかったのでしょう。そうだと信じたいのです。だが、もう私には何もかも信じられなくなりました。耐えがたきを耐え、忍びがたきを忍べということは、私に死ねということなのですか？　私は殺されます。そのことは、きまりました。私は死ぬまで陛下の命令を守ったわけです。ですから、もう貸し借りはありません。だいたい、あなたからお借りしたものは、支那の最前線でいただいた七、八本の煙草と、野戦病院でもらったお菓子だけでした。ずいぶん高価な煙草でした。私は私の命と、長いあいだの苦しみを払いました。ですから、どんなうまい言葉を使ったって、もうだまされません。あなたとの貸し借りはチョンチョンです。あなたに借りはありません。もし私が、こんど日本人に生まれかわったとしても、決して、あなたの思うとおりにはなりません。二度と兵隊にはなりません。けれど、こんど生まれかわるならば、私は日本人になりたくはありません。いや、私は人間になりたくありません。牛や馬にも生まれません、人間にいじめられますから。どうしても生まれかわらねばならないのなら、私は貝になりたいと思います。貝ならば海の深い岩にへバリついて何の心配もありませんから。何も知らないから、悲しくも嬉しくもないし、痛くも痒くもありません。頭が痛くなることもないし、兵隊にとられることもない。戦争もない。妻や子供を心配することもないし、どうしても生まれかわらなければならないのなら、私は貝に生まれるつもりです。

外が明かるくなっている。少し疲れてきた。今日、私が殺されるというのに、地球は、やはり廻っている。明日、私はもう、この世にはない。けれどまた夜がきて、また夜が明ける、ふしぎだ。私がなくなってしまうのに次の日があるなんて、次の日は私に存在しないのに、他の人には存在する。明日は、私は疲れはてた身体を、ゆっくり休ませることができる。だが他の人々は苦しみあい、だましあうのだ。誰かが殺し、誰かが殺される。明日もジェーラーが戦犯をなぶり、一六三病院ではガードが奥田をいじめるのだ。奥田は苦しむ。苦しめ、苦しめ、もっと苦しめ。そんなことは私の知ったことではない。明日、私は楽になれるのだ。

（奥田大尉は、内地の収容所の病院長をしていた。絞首刑の判決を受け、講和条約発効の前後に、無期に減刑された。）

奥田よ、君と私は苦しんだ。氷責めになったのも、戦犯では私と奥田だけだと思う。何が苦しいといって、氷責めほど苦しいものはない。私が壁を蹴とばして壁土が落ちた時、衛生兵のスワンソンが、廊下に出ろといった。廊下には寝台があった。スワンソンは、手に聴診器をもっている。私は仕方がないから寝台にあがった。物陰に大きな金だらいがあって、砕いた氷がたくさんはいっている。長いシーツを二枚ひろげた。それを重ねた。ガードが手足を押さえた。二枚のシーツに氷をさしはさむ。五、六人で、私の胸と腹を氷のぎっしりはいったシーツで、三重四重に包んだ。最初は冷たかった。やがて何百貫の重石をのせられたように、胸が苦しくなってくる。呼吸ができない。息が詰まる。頭が熱くなる。頭の中がジュージュー焼けてくる。息がとまる。頭が熱い。声が出ない。手足はビクとも動かない。眼がかすんでくる。だんだん静かになる。暗い。何も聞こえない。死ぬのだ。殺されるのだと思った。やがて、何も無くなってしまった。何もなくなってしまった。虚無。無限の時が流れる。私は殺されたのだ。……どこかで音楽がなっている。私は野道を一人で歩いている。青い芝生、一本の道、クネクネした道を歩いて行く。すみれやたんぽぽも咲いている。美しい鳥が飛んでいる。そして何かが、さえずっている。赤や紫の渦巻きがグルグル廻っている。大きな音が聞こえた。と気がついた時、私はまた、檻の中のマットの上に横たわっていた。

幾日寝ていたのか私は知らない。氷責めの苦しさは書きあらわせない。私が一番苦しかったのは、この氷責めだ。奥田もやられた。黒人の狂人もやられた。黒人はワーンワーン泣いて静かになった。奥田は泣かなかった。私も泣かなかった。

泣けないのだ、こんな残虐を人間が人間に加えるとは。ヒューマニティー、愛、慈悲、神や仏はどこへ行ったのだ。私は泣けなかった。奥田も泣かなかった。聴診器で死ぬ一歩前をたしかめて解放したのかもしれない。これっぱかしの傷も身体には残らない。人間が発明した最も「文明な」虐待は氷責めだ。

いくらメスを刺されても、死んだ身体は痛くないはずだ。骨を切られても、皮をはがれても爪を抜かれても、死んでしまえば痛くはないだろう。一六三病院で死んだ戦犯は、全部一人のこらず解剖された。A級戦犯白鳥氏の脳の重さは何グラムで重かった、誰のは何グラムで軽かったと、ガードが私に言った。彼はドクターの解剖に立ちあうのだそうだ、嘘ではあるまい。医学の研究ならば解剖してもかまわないだろう。死体解剖は本人、家族または部隊の隊長の承諾があれば、反対すべき理由はない。白鳥夫人が承諾をあたえたかどうか、私は知らない。恐らくあたえなかっただろうと、私は想像する。私に、このことを洩らしたガードのザマーミロと言わんばかりの態度から、死体解剖が医学の研究のためではなく、他の目的であったことが想像される。目撃者がなければ、毛唐はどんなことでもやってのける天性を持っているのだ。

もう何も書くことはない。最初から特に何を書こうと思ったわけではないから、もう、そろそろやめようかと思う。私は、何もしないではいられないから、鉛筆をにぎったのだ。

思わずトロトロして今眼がさめ、最後の食事をした。

教誨師がやがて来るから止めにしなければならない。最後に酒かビールかウィスキーかが飲めるということだ。ほんとうのことは、その時になってみなければわからないが、あまり飲みたいとは思わない。元来、私はアルコールは苦手なのだ。一ぱいぐらい飲むかもしれない。もし、うまかったら、二はいも飲んでやろうか。

――以下略――

私は赤木曹長の書きのこした走り書きを、できるだけ忠実に書きぬこうとした。しかし、明らかに家族にあてた部分（約五枚）は略した。意味のとれない箇所がわずかあったが、それも省略した。

赤木曹長は、俘虜の医療を拒否したというかどで、死刑の判決を受けた。周知のように、当時は医薬は非常にとぼしかった。したがって、赤木氏は無い薬はやれなかった。日本にない、しかも俘虜の要求する高貴薬のやれなかったのは、当然のことである。俘虜収容所は、陸軍病院から薬の配給を受けていた。それ以外に薬を買うところも金もなかった。また、それをやれば軍の規定違反であった。それにもかかわらず、赤木氏は市中から薬を買い、それを俘虜にあたえた。その金をどう捻出したか、一介の下士官の苦衷を、私は涙なくして想像することができない。

だが薬屋にある薬は限られていた。また、あったとしても全部、俘虜には売ってくれなかった。商人としても、自分の住む町の人に売る薬を全部、俘虜にやることはできなかっただろう。

だから軽症患者や、時には俘虜の軍医の判定で、絶望な患者には薬を十分あたえなかったこともあったであろう。無い袖は振れぬ。誰が赤木氏の立場に立っても、そうするより仕方がなかったのだ。俘虜軍医だって、そうするより仕方がなかったと思う。けれど、俘虜軍医は保身上、全責任を赤木曹長に転嫁せざるをえなかった。そして俘虜軍医の知っている名前が、赤木氏だけだった。

日本軍隊の医務規定に、どんなものがあるかは、俘虜は知らなかった。その規定を誰が作ったか、また誰の名前で公布されたか、もちろん知らなかった。だから赤木氏だけが悪いことになった。

誰が俘虜を内地につれてこさせたのか、何のために俘虜を働かせたのか、赤木氏がそんなことを決定したのだろうか？　軽い病人の俘虜は病人でないと認めて働かせろと命令したのは、赤木氏だったか？　もちろん、そうではない。軍需工場の持主が、儲けるためにそうしたのだ。命令は、俘虜管理部長から軍司令官、次いで収容所長、分所長から赤木曹長にくだされたのだけれど、俘虜管理部は会社の思うままに動いたのだ。

最高の責任者たる俘虜管理部長M中将はわずか八年の刑で、すでに釈放された。こんなばかな話があろうか。俘虜取扱いにかんするいろいろな規則、何々規則、何々細則を作ったのはM中将によれば自分ではないのだ。陸軍大臣の名で出したから陸軍大臣の責任だというのだ。さいわい東条が陸相だったので、全部、彼にオッかぶせて彼はたった八年の刑、そして判決がおりた時、彼は検事と固い握手をしたのだ。Mは絞首刑をまぬがれて大成功。検事側は、M一人を絞首刑にするかわりに、何百人を死刑、無期、有期に突きおとして大成功。両者の利害は同じ、しかも筋書きどおりの判決、かくて固い握手を取りかわしたしだいである。

M中将が会社に買収されないで、規則の不合理な点、経費の支出方法を改正していたならば、俘虜の死亡者は一段と少なかったはずだ。

俘虜の管理を軍の外におき、経理を特別会計のもとにおいて、日本軍人より優先して薬品や食糧の現品をあたえたなら、俘虜の死亡者はより少なかったはずだ。ところが軍の管理下においたため、俘虜は日本兵と同様に取りあつかわれた。たとえば俘虜の少尉は七十五円しかもらわず、何百ドルはもらえなかったのだ。軍の管理下におけば、軍司令官としても、俘虜にたいして日本軍人よりもよい食糧や薬品をあたえることは、とうていできなかったはずだ。

したがって赤木氏一人が、俘虜の死の責任を問わるべきではない、と日本人としての私は考える。だが、裁判官はそう考えなかった。

将来もし、日本が無理な侵略戦争をおこなえば、第二、第三、第○○の赤木曹長が生まれることは疑いない。その立場にあった者は命令を忠実に守れば守るほど、赤木氏のように不利な立場におちいるであろう。そして第二、第三の赤木氏は、自分の行為がいかなる法律、規定、命令によって強制されたものであることを証明したとしても、それが無益な試みであるのを知るだろう。

今の情勢がすすめば、保安隊は他国の紛争に巻きこまれることは必然である。保安隊の諸君は、赤木氏およびすべてのBC級戦犯の例にかんがみて、自己の行動を律するのが、自分のために得策であることを知るべきである。戦争だから、戦争の要求にしたがって行動したという自己弁護はなりたたぬであろう。その戦争に参加し協力したという根本的な事由によって、彼の道徳的責任そのものが追求されるかもしれない。人間のモラルは早晩、その段階に到達するであろうし、また当然、到達しなければならない。

（一九五二、一〇、二〇手記。飯塚浩二編『あれから七年』光文社、一九五三年に志村郁夫の名で収載）

戦争は犯罪であるか

――一戦犯者の観察と反省の手記

私が、この型破りな形式をえらんだのは、真実を描きたいと欲したからである。真実は具体的ではあるが、それは現象のそのままの写像ではない。太陽の写真をうつすためには、黒いガラス板を間におかなければならぬ。真実は顕微鏡によって知る場合もあるし、遠方からの展望によって知りうる場合もある。私はこの二つの方法をあわせ用いた。

文中の時と場所と人名とは、これを発表する自由を私は有していない。また私は、そのような唯一の特例を描こうと欲したのではない。そのために材料は選別され、筋もわずかであるが、アレンジがほどこされている。

私はつい最近、巣鴨から釈放された戦犯である。私は、中国関係で終身刑をうけたが、蔣介石の特赦によって、私たち中国関係の戦犯は、中国との講和条約発効と同時に、無条件で全員釈放されたのである。それゆえに、私は今さら中国の戦犯裁判について、とやかく言うべきではないと思っている。ずいぶん不合理な裁判ではあったけれど、日本の侵略戦争の結果、多くの中国人が不幸な目にあったことから考えれば、死刑にされたものは別として、私たちのように死刑にならなかったものは、とにもかくにも、生きて日本に帰り、七年もたたないうちに、完全に釈放されたのであるから、むしろ感謝すべきであると思う。

私が、中国において召集兵として作戦や警備に追いまわされていた時、私自身の見聞した諸事実は、日本軍が中国の民衆を正しく取りあつかったと公言しうる材料としては、あまりにもお恥ずかしいものであった。私の知っている狭い範囲の体験からいっても、日本軍のおこなった戦争犯罪が皆無だったとは、とうてい言いきることができない。たとえば、こんなことがあったのである。

時　昭和十六年初夏

場所　済南市よりトラックで二、三十分の距離にある、破壊された中国軍の兵営（当時の日本軍の兵舎）およびその附近

私たち初年兵をふくむ一部隊は、一ヵ月ばかりまえに、天津から済南に移動してきた。

中隊長D大尉は出発にさきだって、「われわれはこれから戦線へ行く。お前たちはいつなんどき、どんな場合においても、人殺しをできるように覚悟をしておけ」と、私たち初年兵に訓示をした。けれど済南では、一発の砲声も私たちは聞かなかった。

そして、あいかわらず、初年兵の教育訓練はつづいていた。毎日毎日、私たち初年兵の演習のために、中国人の畑があらされた。営庭で演習できるような訓練も、わざわざ、実戦的演習という名目で、収穫前の美しい畑の中でおこなわれた。この損害にたいしてどんな賠償が支払われたか、私は知らない。だが、これは話の本筋ではない。とにかく私たちは、一発の銃声も聞こえない、平和な風物の中にあって、何のためにこんな苦しい訓練や虐待を受けなければならないのか、サッパリ合点がいかなかった。したがって、訓練に熱がはいらなかった。このことが中隊幹部の諸君を、ゆううつに不快にした。要するに彼らは、こんどの初年兵はタルンドルとお考えになっていた。

事実だけを書こう。ある日、C少尉は、私たち初年兵の演習が終ったとき、午後の訓練は実際的訓練をやるから、銃と銃剣にしっかり油をぬっておけと命じた。私たちは、昼食をすましてから、命令されたように銃と銃剣に油をぬっていた。すると、班の二年兵、三年兵がそばから口を出して、うんとたっぷりぬれ、油でひたした布を銃口につめておけ、と、ニヤニヤ笑いながら言った。私たち初年兵は言われたとおりにした。何か変ったことが起るかもしれない、と私は思った。けれど、どんな突発事件が起っても、決してあわててはならないと覚悟をした。

初年兵教育のための助手の上等兵たちも、円匙《エンピ》（シャベル）を四、五本になって営庭に集まった。C少尉は号令をかけて初年兵の一隊を引率した。広い営庭をあるいて、営門のところで部隊はとまった。そこでC少尉は、中国人の捕虜を受けとった。七、八人か、多くて十名ぐらいだったと思う。若い捕虜も中年の捕虜もいた。彼らは概して背たけの高い屈強な中国人で、青い木棉の便衣をきて、なかには麦わら帽子をかぶっている人もいた。季節はずれのソフトをかぶっている人もいた。一般の人と変っているところは、ただその両手首が捕縄でシカと結ばれていることだけだった。

彼らは、落ちついた足どりで明るい太陽の下に引きだされてきた。そして青空と美しい緑の木立を仰ぎ、深呼吸をして、私たち一同を見まわした。久しぶりに窮屈なところから戸外に引きだされて、しみじみと清浄な空気を味わっているようだった。何の屈託もないその目の色にひきかえて、緊張した私たち初年兵の顔、それを観察する彼らの目の光りは、かすかな軽侮と憐憫とで、ひややかに笑っているのではないかとさえ思われた。もう、この時には起るべきことの大体の筋書きは想像されていた。けれどもその私たちの想像はあまりにも皮相なものでしかなかった。ただ、私の感じたことは、彼らが殺されて死ぬということであり、あまり考えたくはなかったが、われわれ初年兵のうちの誰かによって殺されるということであった。その運命を引きあてる初年兵はもちろん私ではない、と私は考えたかった。

捕虜のなかに、一人の若い中国人がいた。ほかの中国人とちがって、彼の挙動だけは、頼りなげな不安と動揺とで、いちだんと私たちの目についた。

それから二十分の後には、彼らと私たち一同は、兵営の見える麦畑のまん中に立っていた。遠くには無電台がかすんで見え、部落には煙がしずかに立ちのぼって、風もない青空には鳶が輪をえがいていた。そして、私たちからわずか数十メートル離れたところに、農民たちが麦の手入れをしていた。服装や農具も、日本の平和な農村のそれと大した違いもないようであった。とにかく、私たちをとりかこんだその雰囲気は、これから始まる事件とはおよそ不似合な、チグハグなものであった。

私たちは、麦畑のなかに二列横隊に整列させられた。私がそのとき気がついたことは、B中尉が小高い土饅頭の上に軍刀を杖にしてドッカと腰かけていたこと、それから数人の下士官と兵が、すでにそこに到着していたことだ。捕虜たちはだまって立っていた、もちろん古年兵たちによって十分に監視されながら。すでに古年兵たちは、捕虜をコヅイたり、口ぎたなくののしることをやめて神妙になっていた。

B中尉はC少尉の敬礼を受けると、ご苦労、ご苦労、といって、C少尉に教育をはじめろと命じ、自分はスペヤという安煙草をたくさん取りだして、捕虜にすわせた。古年兵が口に煙草をくわえさせてやり、マッチをすると、彼らは、さもうまそうに、煙を腹いっぱいに吸いこみはじめた。もうれつな勢いで吸う紫色の煙が、陽の下で美しい陽炎となって印象的だった。ただ例の少年だけが、煙草どころの騒ぎでなく、何かブツブツいっていた。だが、私たちには、何を言っているのか、聞こえなかった。

というのは、C少尉の号令で私たちは四列となり、さらに両手間隔で前後左右にちらばったからである。C少尉は、着け剣の号令をかけた。そして、「今日は藁人形でない実際の人間で銃剣術の訓練をする」と言明した。彼はそこで、試突の訓練をおこなったのだ。「突け！」という号令で、私たち初年兵は空間を二、三回突いた。「そんなことで、人間が突き殺せるかッ！」と、C少尉は大喝して、一人の下士官に命じ模範を示させた。そのあいだ、初年兵は何の相談を受けるでもなく、ただ機械のように号令で動かされた。もっとも、その後の私の長い兵隊生活のあいだのいつでも、そうだったのだ。けれど、私の目は、模範を示している下士官のむこうの捕虜のうえに注がれていた。彼らは平然として、不敵にも微笑に近いものさえ浮かべながら、二本目か三本目の煙草を吸っていた。私は何となく、圧倒されたような気分になった。

C少尉は、「もし、お前たちが敵につかまれば、どうなるか知っているか。それこそ、一寸だめし五分だめしになる。今日は、その復仇だ。お前たちの兄弟が、たくさんそのようにして殺された。彼らの冥福のため、まちがいなくやれ。心臓のところを突くのだ、いいか」といって、一人の捕虜を前に出させ、その背中の左肩の下に赤いチョークで×をくっきり描き、ここを突くのだといった。

二人の上等兵が、その左右の手をしっかりとおさえた。「田山突け!」C少尉は、一同を見まわしたあとで、いちばん臆病者で身体の小さい、そしてその後まもなく、病気で内地還送になった初年兵を指名した。意地悪そうな顔をして、なにげなく小さな声でC少尉は、そう命じたのだ。思わず、初年兵たちはドヨめいた。私はハッとした。それが私でなかったこと、田山だったことがふしぎだった。

当の田山二等兵は、「ア」とか「ウ」とか、妙な母音を発音しながら、モグモグ口ごもった。「どうした、田山」C少尉はやさしく、「できないのか?」といった。田山は、「ハイ」と小さな声でいった。その時、C少尉は烈火のように怒って、「ばかッ! それでお前は皇軍の兵隊か、天皇陛下の赤子か、軍隊でできないことはない、ヤレッ!」と、どなった。田山は、その小さい身体を動かすために渾身の力をふりしぼるようにして、二、三歩、前に出て、「ハイやります」と、ハッキリ答えた。そして教えられたとおりの型で、

「エーッ」と女の金切声をあげながら、背後から捕虜を突いた。とふしぎ、コンという小さな音がして、ポンと銃剣がはねかえされたのだ、田山は呆然としている。血も出なければ叫び声もなく、捕虜は身もだえしただけである。肩胛骨に、はねかえされたのだ。

「やりなおし、突け！」

かわいそうな田山はふたたび突いたが、切先がわずか一、二寸入っただけで、それを引き抜くほうにかえって力がはいって、ドサンと尻もちをついた。

「よし、つぎに誰かやれ」と、いまいましげにC少尉は命じた。

「ハイ自分がやります」と名乗りでた偉丈夫があった。およそ田山とは対照的な高木という初年兵、彼は幹部候補生の随一候補と自他ともに許した、中学出の若い男であった。

「よし、突け」

高木は、「ヤ、ヤーッ」と叫ぶと、さっきの田山の一突きで海老のようにのけぞっている捕虜を一突きに突きとおした。勢いあまって切先が五、六寸とびだし、銃口が深く内臓の中にめりこんだ。この光景をわずか自分の三、四歩面前でじっと眺めていたB中尉は、ニッコリと、さもうれしそうに笑った。彼は、捕虜の顔の見えるほうの側にいたから、苦悶もハッキリ見えたであろう。私は、何ともしれぬ恐ろしさと怒りと恥ずかしさのために、思わず五、六歩あとずさりした。C少尉も、「よろしい、さあ、誰か」と高木をほめた。

「ハイ自分がやります」

私はおどろいた。そう言ったAは、最高学府を卒業し、その大学の助手である自然科学者だったではないか。彼は、イケスカない点取り虫のように、緊張した態度で進みでた、そして突いた。同じところを突いたためか、これも十分、深くはいった。

「つぎ！」「つぎ！」という命令で、C少尉のそばにいた七、八人の初年兵は、その同じ死体を突いた。すでにこときれた死体を、二人の上等兵がかろうじて持ちあげていた。鮮血はたちまち青い服を黒くいろどっていった。「よし、やめ」というC少尉の言葉で、私はホッとした。数秒のあいだ、誰も言葉を発しなかった。

その時、例の少年がはげしくわめきだした。すでに私たちの隊形はみだれていた。気がつくと、私はその少年の五、六歩のところへ、いつのまにか近接して、その言葉を一心に聞きわけていた。私のとぼしい中国語の知識でわかったことは、「私は八路兵《パーロピン》ではない、良民である。ついこの先の、そらその部落には父親母親がいるし、その村の誰だって、私が八路ではないことはよく知っているはずだ。さあ助けろとはいわぬ。ちょっと、待って、もう一度、調べてみてくれ」というのであった。私は、

「それはほんとうか！　うそではないか」と中国語でたずねていた。

その時、あわれな少年の番がまわってきた。目かくしがかけられ、両腕がとられそうに

なった時、私は思わず前に出て、「待ってください、八路ではありません。罪がないと言っています。待ってください」と叫んだ。古年兵は思わず、私の真剣な気勢におされて、目かくしするのを躊躇した。C少尉は、「きさま、何をいうか。死にたくないから、度胸のない奴は何とでもいうのだ。お前の出る幕でない、引っこめ」と言った。

私は銃を横にひろげて、待ってくださいと言ったので、いつのまにか、私はC少尉と向かいあったような恰好になってしまった。私はそのとき、B中尉が近くに来ているのに気がついた。

「B中尉殿、私は中国に一年ばかり地方人でおりましたから、少し中国語がわかります。いま聞いたのは、まちがいではありません。どうぞ、調べてください」と必死になって叫んだ。

B中尉は、「加藤、お前は血を見て逆上したな、落ちつけ！　いいか、これは済南の憲兵隊から処刑を命ぜられた八路だ。憲兵隊で十分調べられて、八路とわかっているのだ。それに、たとい、一人や二人良民がまじっていたって、かりに、そんな間違いがあったとしても、もう手おくれだ。B中尉はこの処刑を中隊長殿から命ぜられたのだ。命令は、天皇陛下の命令だ。お前は命令がどんなものであるか知っているだろう。たとい、間違っていても命令は命令だ。ただちに、ことの如何を問わず命令を守らなければ、戦争はできん。

わかったか、わかったら引っこめ」と落ちついて答えた。班付上等兵が、「加藤、てめえ、ふてえ野郎だ。口答えなんかしやがって、あとで俺がわかるようにしてやる」と言った。

その少年は目かくしをされ、刺し殺された。そして、突き殺される一瞬の前まで、「八路でない」と叫んだ。最期の言葉は「お母さん」であった。声がなくなっても肺臓は無実を訴えていた。口からプツプツと血の泡がふきだして、ゴロゴロと音をたてていた。この少年だけが声を出し、プツプツと血のあぶくの声を出し、ゴロゴロと喉を鳴らした。断末魔とはこのことであった。ほかの者たちは一言も発せず、従容として死についたのである。

私は、引っこんでいろ、という言葉をもっけの幸いに、とうとう手をくださないですんだが、もしB中尉の気がかわって、「お前もやれ」と言ったならば、とうてい、やらないわけにはいかなかったであろう。いや、じつをいえば、その時の私の神経は、なかば狂っていた。「お前やれ」という言葉を、内心では待っていたのである。この機会に人殺しをして度胸をつけなければ、白兵戦のとき自信がもてない。何とかして、自分もやってみたいというような気持であった。

「つぎ、つぎ、つぎ、つぎ、つぎ」の命令はいつしか止んだが、兇暴になった初年兵どもは、右翼のほうから順々に、まるで藁人形を突くように、犠牲者を目がけて突っかかっていった。十人ばかりの中国人捕虜は、敢えなくも尊い生命をおとしていった。すべての初年兵どもは、かくて恥ずかしい恐ろしい体験をした。そして手こそくださなかったけれど、私も、彼ら以上の悲しい恥ずかしい体験をしたのである。

瞬くまにことがすんで、円匙で浅い穴が掘られて、死骸は埋められた。何ごともなかったように、ふたたび平和な農村の風景があらわれた。夢ではなかったのか、空には鳶がゆうゆうと輪を描いているし、五十メートルばかり先の農民は、セッセと畑仕事をしている。まさか、今の騒ぎを知らぬではあるまいに！　私は中国人の神経のずぶとさに驚嘆した。明らかにその場所は、偶然の処刑場として選ばれたにすぎない。してみれば、彼らはやはりその畑の所有者か作男にすぎまい。捕虜の最期を見とどけるために来ていた者ではあるまい。だが、仮りに彼らがそのような者であったにしろ、彼らに何ができただろう。もちろん何もできやしない。「没法子《メイファーズ》」ではないか。だから彼らは、畑仕事をやめなかったのかもしれない。

回想に思わぬ時間をとってしまったけれど、これは虚構でも誇張でもない。しかし、最も良心的にいって、あの時、私たちの捕虜虐殺の前後に、鳶が輪を天空に描いていたと書いたけれど、鳶の飛翔を見たのは前後のうちのいずれか一方であったかもしれないのであるが、そんなことはここでは問題ではありえないだろう。

さて、話をもとにもどそう。

中国関係の戦犯が、全員巣鴨から釈放されてしまったという事実から推して、日本人は中国では戦争犯罪は犯していない、また犯したにしても大した犯罪ではないだろう、などと今の人たちは、まじめに信ずるものではない。しかし、中国戦犯がアッサリ簡単に釈放されてしまったという事実を、唯一の判断資料として、将来の日本国民が、中国で犯した日本軍人の戦争犯罪を無視したり、過小評価したりするようなことになれば、それはとんでもない認識不足で、不幸な事態をひきおこす恐れがあると思う。

戦争が犯罪であるということは、私も正しいと思う。もちろん、侵略戦争が犯罪であるという意味において。

戦争は、人間を発狂させる。死ぬか生きるかという、せっぱつまったとき、あらゆる価値が転倒する。殺人がもっとも大きな美徳とされるのが戦争である。自分が人を殺す、また仲間の兵隊が敵に殺されるのを見る、そして自分もまた、いつなんどき殺されるかわからないという心理が支配的となったとき、人間は発狂するのである。発狂の原因が取りさられてふたたび冷静が彼を支配したとき、あの時なぜ自分はあんな馬鹿なことをしたのか、ふしぎでたまらないのである。気の小さい、虫も殺さぬような、しかも一応の教養のある人までが、いったん発狂すれば、大それたことをやらかすのだ。

戦地から帰ったとき、そして平和がふたたび訪れたとき、兵隊は良心の呵責にせめられる。けれども、その兵隊は考えてみる。もし自分が戦争に行かなかったならば、あんなことはしなかっただろう、と。彼は罪を命令や戦争に帰してしまって、あとは知らん顔をする。そして多くの場合、嫌なことを忘れようと努力し、やがてほんとうに忘れてしまう。戦争が罪であるという自覚は正しい。けれど、「戦争は犯罪である」という言葉をくりかえしても、たとい百万べんくりかえしたとしても、罪なくして殺された人は生きかえってはこない。そのような抽象的なことを言っても、人間はどれほどのことをその言葉から汲みとって、将来の活動の指針とするであろうか、大きな疑問である。

罪を戦争に帰して、あとは知らん顔をする。この知らん顔が曲者である。知らん顔をする理由は、いろいろあるだろう。けれど、この知らん顔をすること自体が、罪の意識があればこそではないか。冷静になって考えてみて、罪を犯したと思えばこそ、知らん顔をせざるをえなくなるのだ。

だから、罪は戦争にあるのではなく、戦争に参加した各人にある。人殺しが犯罪であることは当然だ。戦争はイコール殺人そのものではないとしても、殺人のともなわない戦争は考えられない。こう考えれば、戦争は犯罪であるといくら叫んだとしても、それはトートロジー（同語反復）ではないだろうか。戦争は犯罪であるとして、あとは知らん顔をしたならば、ずいぶん変なことになってしまう。そんな便利な言葉で、自分の良心をごまかすことができれば恐ろしいことだ。戦争は犯罪である、ということは、戦争だからどんな悪いことをしても仕方がない、ということに通じている。そうだ、戦争は犯罪である、だから、自分が戦争であんなことをしたのは仕方がなかったというより以上には考えない、あるいは考えようと欲しない人たちは、またいつの日か、強制されて軍隊にとられたら、また同じ過ちをくりかえさないだろうか、大きな疑いが持たれる。いな、恐らく、その人はまた同じ過失をくりかえすに相違ない。

お国のためだからと自己をいつわって生活のために職業軍人となった人、刑務所にやられるのが嫌さに召集された人、軍律が恐ろしくて逃亡しなかった人、このような人は、自分が戦争に参加したこと自体を、大いに反省する必要があると思う。私は七年の戦犯生活のあいだに、このことだけは痛感した。そして多くの戦犯がこの反省をしたのである。

こんど戦争があったなら、百計逃ぐるにしかずだと口ぐせのように冗談している多くの戦犯がいた。今ではますます多くなっていることであろう。巣鴨に、モンテンルパに、マヌス島に、多くのこのような人びとが残っている。彼らは、もし万が一にも不幸にして戦争がおこった場合、彼らの力では如何ともすることができなくなった時には、逃げるより仕方がなくなった時には、堂々と逃げるだろう。戦争犯罪を犯さんよりは、監獄を選ぶだろう。
戦争は犯罪であるという至極便利な考えは、無事に内地に帰った人びとにとってのみ便利な考えだろうか。日本のやった侵略戦争は犯罪である。この侵略戦争を開始した人びと、それを遂行した人びとは犯罪人である。この犯罪人を文明の原告、正義の裁判官が裁判するのである——要約すれば、こういうことを主張しているのが米英など戦勝国の戦争裁判の精神であるが、これについて少しく考えてみよう。

侵略戦争は犯罪であるということは、すでに述べたようにトートロジーである。つまり犯罪は犯罪であるという意味である。次に、侵略戦争を開始したものは犯罪人である。換言すれば犯罪を開始した者は犯罪人であるということは、何を意味するつもりであろうか。犯罪を開始しようが、遂行しようが、それに協力しようが、要するに犯罪をするものは犯罪人であると言ったところで、どんな意味があるのか。盗みをした人は盗人である、人を殺した人は殺人者である、やはり同じことのくりかえし、重複ではあるまいか。

だから以上を要約すれば、犯罪人を正義文明が裁判するのであると言っているのだ。ではなぜ彼らは、犯罪人を文明なんかで裁判しないで、法律や裁判官で裁かなかったのか？彼らとしても、もちろん法律と裁判官で裁きたくって仕方なかった。ところが、そんな法律も、そんな裁判官も存在していなかった。だから文明などをもちだしたのだ。

抽象的な、文明とか正義とかいう言葉は、じっさい至極便利なものである。彼らは、具体的なものでなく、抽象的な観念的なものを持ちださなければならなかった。観念的なものは神秘的である。文明というと何となくありがたくて、神がかっていて、犯罪人を裁くことができそうである。いやじっさいできるのだ。神がかったもの、その特にいちじるしい例として宗教裁判のことを思いだすだけでも、十分ではないか。戦勝国の戦争裁判は中世への逆行である。事実、中世的な残虐さをもって裁くことさえできるのだ。抽象的な、観念的な文明正義は、かくて、その対立物に転形せしめられたのである。

私の理解するかぎり、法と道徳とは、決して同じものではなかった。これらのものは、決して合致するイデオロギーではなかった。だが、将来において、この二つのものが統一されて、一つの同じきものになるということには疑いがない。とはいえ、従来、両者は決して同じものではなく、あまりにもしばしば、対立するものでさえあった。義理や人情のために掟を破る、または掟のために義理人情をすてる、これが人間社会の多くの悲劇であり、社会の大いなる矛盾でさえあった。そうだ、私たち戦犯すらが、その悲劇の主人公ではなかろうか。私は、そうであると断言するをはばからないのである。法、すなわち強制する社会的権力、時にはその本質の暴力さえあらわにして、私たちをいやおうなしに強制するところのものと、私たちのモラルとは多くのばあい、全く相反していた。私たちは、その両者の板ばさみとなり、シャニムニ二者のなかのいずれかの選択をせまられた時、私たちは道徳を犯したのである。私たちの犯した罪、すなわち道徳的犯罪をどうして、この道徳とは別個のものであるところの法が罰しえようか。のみならず、そんな法自体がまるっきり存在しなかったのだ。しかし罰するためには、何かで罰しなければならない。そこで抽象的な正義だとか文明とかが必要になったのだ。

私たちは、こんなペテンによってごまかされてはいけない。私たちは、こんな詭弁にたぶらかされ、こんな駄弁を恐れているものでもない。だが、私たちがほんとうに憂慮するのは、かかる都合のよい概念や、便利しごくな言葉が、それを発明した連中によって、将来よりいっそう狡猾に利用されるのではないかということである。

文明が戦犯を裁いたのであるならば、ふたたび文明が非文明を裁くのではあるまいか、「正義」が「悪」を裁くのではあるまいか、「自由」が「不自由」を、「民主主義」が「独裁」を裁くのではあるまいか。それができないはずはない。抽象的な観念的な神秘的な言葉にはどんな内容だって、こじつけられるのだ。そして、そのさいに、何が文明であり、正義、自由、民主主義であり、何が悪、不自由、独裁であるかをきめるであろうか。もちろんそれは、「意志の自由」であろう。「意志の自由」の表現は、原爆、水爆、細菌兵器の使用であるかもしれない。日本保安隊の国連協力であり、新国軍の建設であり、徴兵であり、軍事基地の借用であり、つまり何であってもかまわないのではないか。それは「意志の自由」ではないかということになるのを、私たちは恐れているのだ。「戦争は犯罪である」ということは、いくら強調しても、強調しすぎることにはならない。だが、それのみでことたれりとするならば、仏つくって魂入れずである。ウッカリすると、夜叉や阿修羅の魂を他人がいれてしまうかもしれない。

一般的に、抽象的に、「戦争は犯罪なり」というかわりに、いかにして、何がゆえに戦争は犯罪であるかということを、具体的に、個別的に、歴史的に、体験的に示さなければならないと思う。ほんとうに戦争をにくみ、平和を愛するならば、自分の体験した戦争を、あなたの犯した戦争犯罪をバクロすること、平和を愛する国民のまえに、自分の犯したあやまちを発表する勇気を、戦争犯罪を犯したすべての人に要求したいと思う。このためには、どんな発表手段を通じてもかまわないと思う。あらゆる方法をもちうべきだと思う。あなたは、あなたの妻子肉親、兄弟友人にたいして、あなた自身のおこなった戦争犯罪を告白すべきである。または、自分の犯した犯罪を作文として、新聞雑誌に投稿すべきである。いざやるとなれば、その他の発表手段は、いくらでも発見されるだろう。そしてこの豊富な材料によって肉づけられてはじめて、侵略戦争イコール犯罪が正しく暴露されるであろう。これによって、平和を祈願する欲求が、平和をたたかいとる運動へ発展しうるモメントをあたえられるであろう。

こんどの戦争に従軍した戦勝国の軍人たちよ、あなたたちも、二度と悲惨な戦争をしたくないならば、平和を愛するならば、あなたの国において、この運動をはじめるべきだ。

くりかえすようだが、戦争という人間の概念が、無数の人命を奪ったのではない。反対に、戦争に従事したあなたが、あなたの手で張三《ちょうさん》、李四《りし》を殺したのだ、山田や鈴木を殺したのだ。あなたとは誰か？　それは、あなた個人である。侵略戦争に協力した世界のすべての人の一員としての、あなたである。

たとえば、○○大学の卒業生で入営前母校の助手であった、自然科学者のA君、当時のA二等兵よ、あなたはあなたの戦争犯罪をお忘れですか？　その時の私たちの中隊長であったD大尉よ、初年兵教官であったC少尉よ、B中尉よ、それから、その中隊の初年兵諸君よ、あなたはあなたの犯した戦争犯罪を告白したでしょうか。恐らく今ではその犯罪事実すら、あなたの記憶から消えさっているにちがいない。私は、そのほんのちょっとしたヒントを先ほどあたえておきましたが、あなたはそれを思いだされたでしょう。

A君、君は君の戦争犯罪を人に語ったことがおありですか。中隊長よ、あなたは憲兵隊の裁判が合法的であったのを確かめましたか？　軍法会議ではなく、憲兵隊があのような事件の処刑命令をだす権限があったとはとうてい考えられないが、かりに一歩ゆずって、そうであったとしても、あのような虐殺を命ずる必要はなかったではありませんか。銃殺という名誉ある方法をなぜとらなかったのですか？　B中尉よ、あなたは現場における虐殺の最高責任者である。そしてあなたには重大な過失があった。C少尉よ、あなたは直接の命令者である。下士官や古年兵よ、あなたはみずから直接に捕虜の死を援助した。初年兵よ、君たちは直接の下手人である。そして加藤哲太郎こそは、それが悪であることを知りながら、それを阻止しなかった最大の卑怯者である。このまぎれもない、故意かつ不法に陸戦法規と慣習に違反したる戦争犯罪について、あなたは、いかにこの犯罪に参加したかについて、あなたの妻に、子に、両親に、友人に語ったことがおありでしたか。

私が、ここに詳細に、この残虐なる犯罪行為を描写したのは、特定の個人A、B、C、D等々の日本人を攻撃するためではない。むしろ反対に、なぜ個人が戦争に参加するかぎり、必然的に戦争犯罪を犯さざるをえないかを説明するためである。ここに登場したすべての人物が忠実に、ある者は積極的に、ある者はいやいやではあったが、命令を実行したにすぎない。また、大部分の初年兵は、命令と号令によって動いたにすぎない。それにもかかわらず、彼らが戦争犯罪をおこなったことは厳然たる事実である。

私の最初の考えでは、この事件の描写をできるだけ簡単に述べたかったのだが、ペンがどんどん進んだのである。だが、私はこれを短くしたり、描写を省略しようとは思わない。

というのは、戦争は犯罪であることの証明には、どうしても具体的な裏づけが必要であるし、そのためにはどうしても、あの程度の詳細は書くべきであったと思うからである。もちろん、この事件は多くの事例のほんの一つにすぎないのであって、中国における侵略戦争に参加した人びとは、みな、それぞれ、何かしらこれと同じような経験を持っているであろう。

だが、戦争に参加しなかった人びとにたいして、戦争の罪悪性を知らせるためには決して、むだな試みではなかったであろう。くりかえしておくが、中国戦犯が釈放されたからといって、中国において戦争犯罪が何もなかったなどと考えたならば、とんでもない認識不足であるし、将来、戦争があって、もし日本がそれにまきこまれた場合に、かりに一保安隊さんが、「俺は戦争には参加しても、決して戦争犯罪を犯すまい。このように決心していれば、俺は決して、戦犯にはならぬだろう」などと考えれば、それは愚かな考えである。戦争があるかぎり、戦犯はかならず生まれる。これだけは断言しておく。

じっさいに、戦犯に問われるような事件に関係していた兵隊や地方人で、その名前を中国人に覚えられていた大部分の人は、敗戦後、優先的に帰国することができた。そして彼らは、今では何食わぬ顔で故郷に帰り、忌わしいことはすべて忘れてしまっている。これに反して、まさか自分は戦犯にはなるまい、と思った人、そのためにほんとうの戦犯を先に帰してやって、残務整理などにのこっていたお人好しが、戦犯に問われてしまったという場合が多かった。そのほかに、姓名が同じだったり似ていたために戦犯に問われたり、その人の部下であったということのために、責任を転嫁されて戦犯になってしまった人びとがたくさんあった。だが、このような事例は、書きだすときりがないからやめる。

要するに戦犯となったものが、真の戦争犯罪者であると誤解しないでいただきたいと思う。その前にちょっと付けくわえておくが、私が戦犯になった原因は、いま述べた済南の事件ではない。私ばかりでなく、あの済南の事件のために戦犯になった人は一人もない。私はそれとはぜんぜん別の事件で戦犯になった。だが、このことは別のところで書く。ある事件のため、私は終身刑をもらった。そして内地に帰ってきた。

中国にかぎらず、外地の戦犯にはこのような事例が非常に多い。まったくの人違いは別としても、もし先に帰国した人が現地にとどまっていたならば、彼こそが戦犯として裁かれ、その人は当然、戦犯をまぬがれたであろうところの人びとが非常に多いのである。つまり、大物はゆうゆうとして自適し、雑魚ばかりが引っかかる。これが戦争裁判の実相だ。もっとも一般犯罪の裁判でも、そのようなことは多いだろう。裁判と名のつくかぎり、一部の人びとには有利で、他の人びとには不利なのは当然かもしれない。附言するが、金を持っているもので戦犯になったのは、中国ではきわめてまれである。身代金をしこたましぼられて、不起訴になったのである。

侵略戦争が犯罪であるという言葉の説明が、ずいぶん長くなってしまった。前にも述べたとおり、無事に、うまうまと戦争犯罪をまぬがれた人で、現在、真に平和を希望している人は、恥や外聞なんか度外視して、あなた自身の戦争犯罪をあばきだしてほしいと思う。蔣介石氏の慈悲によって釈放された人びとは、それにたいする礼儀の意味においても、戦犯たりし者としての自己反省を、世に発表すべきだと思う。

臭いものに蓋をしてはいけない。勇気を出して真実を語ろう。人間は一足とびに神のような高い道徳に到達することはできない。そのあいだに、数段階の人間革命が必要である。あなたは、自己の革命を恐れてはならない。あなたの道徳は、あの戦時中のあなたの道徳、奴隷の道徳として、将来もあなたの人間性を圧殺しつづけねばならないのか？　否、あなたは、すでに大いなる矛盾を感じている。ふたたび戦争の雲ゆきが険しくなっている時、あなたの理性は、平和を擁護すべき大いなる運動にあなたも加入すべきであるとささやいている。あなたは、このささやきに耳をかたむけるべきだ、謙虚に良心の叫び声をきくべきだ。あなたが奴隷の道徳を投げすて、人間の道徳を取りもどすべきあなたの人間革命の時期は、今をおいてほかにないのだ。人間革命は飛躍ではあるが、一足とびに高い雲の上の天上にとびあがることではなく、したがって、思うほど困難なものではない。自己を正しく批判する勇気を、お出しなさい。自己を批判しないで、自己の道徳を高めることはできない。それこそが、あなたを奴隷から人間へと引きあげてくれるだろう。あなたは、もはや、長いものに巻かれろ式の精神的奴隷ではない。あなたの人間性が、あなたの行動を正しくみちびいてゆくだろう。

何はともあれ、現在、人間としてなすべきことは、二度とふたたび、人間自身を否定する戦争をくりかえしてはならぬということである。あなたの踏んだ轍を、二度と若い世代に歩ましてはならないのだ。このような大切な時にあたって、あなたは黙っていられるだろうか。沈黙はすでに、道徳的犯罪ではなかろうか？　人間として、あやまちなきものはない。あやまちを改めるに遅すぎることはないし、まして恥ずかしいことなど少しもない。人が改めないから、自分も改めないという理屈はなりたたない。

戦勝国の戦犯裁判関係者よ、戦犯裁判が復讐裁判であったことを、自らの手で暴露すべき時がきたのではないでしょうか。今しばらくの時が経過すれば、それは、他国人の手で暴露されることになりますよ。どうせ暴露されるならば、あなたたちがまず、自分からやったほうがはるかに意義あることではないでしょうか。米英蘭仏のかつての兵隊たち、君たちがいかに戦犯と戦犯容疑者を非人道的に取りあつかい、虐待し、残虐行為をくわえたかを、今や反省して世に発表すべき時ではなかろうか。個人としての君たちが国に帰れば、いかに善良な市民であり、穏和な平和を愛する人間であるかは、私たちも知っている。戦争がやはり、君たちを発狂させていたのだ。どうか君たちも、勇気を出して戦争の罪悪をあらわにしてほしい。

そして最後に、日本の皆さま。たとい戦勝国で彼らがそれをまだやらないからといって、向こうが原爆の反省をやらないからといって、私たちが遠慮している手はありません。私たちは、今ただちに反省をし、そして自分の犯した道徳的犯罪を大胆に暴露しようではないか、そしてそのたびごとに、結びの言葉として、付けくわえようではないか。

「……というわけで、〝戦争が犯罪である〟ことがおわかりでしょう」と。

（一九五二、一〇、二二手記。飯塚浩二編『あれから七年』光文社、一九五三年に戸塚良夫の名で収載）

私達は再軍備の引換え切符ではない

——戦犯釈放運動の意味について

講和条約発効の少し前から、戦犯釈放運動は始まった。BC級戦犯の一員として巣鴨にある以上、私にとってもこの運動は大きな関心事となった。と云っても、私がこの運動に全幅的に利害の一致を感じ、積極的にその成功を希望するという意味ではない。寧ろ逆である。関心事であるというのは、それが一部の人々の利益には役立つけれど、私達戦犯自身の利益とは寧ろ一致せず、私達が巧みに利用されていることを痛切に感じる事が出来るということの悲劇的な私自身の運命の再認識に於て、戦犯釈放運動が決定的に重要な契機となっているという意味に於てである。

戦犯釈放という言葉の持つ響きが、ある意味に於ては日本国民全体に訴える力を持っていることは否定出来ない。「和解」と「信頼」の講和条約が出来たのならば、何故、日本は極東軍事裁判及び連合国法廷の判決を受諾し、日本国内に拘禁される、戦犯の刑を執行し、特赦減刑及び仮出獄について僅かに勧告だけすることが出来るという状態が日本に課せられたのであるかを、日本国民が純粋な民族的感情から疑う気持になるのは容易にうなずけるのである。しかし、若し日本人にして良識ある者ならば、安保条約と行政協定でガンジガラメにされた日本に対しても、同様な疑いを抱いているに違いない。条約の条文によって規定されたような独立は果たして真の独立であろうかという深刻な疑問を抱く人々が、他の屈辱的な条項と共に戦犯条項（第十一条）を再び凝視し、それによって得られた正しい認識に基づいて戦犯釈放運動を推進するならば、戦犯釈放運動は日本歴史に於て意義ある一頁を附け加えることになるであろう。

この意味に於ての戦犯釈放運動は私としても大賛成であり、その成功を心から願うものである。ところが現在現実にシャバで行われている戦犯釈放運動は果たしてこのような運動であろうか？　と自問した時、私は否と答えざるを得ない。実際の戦犯釈放運動が如何に始まったか、どのようにして、どの方向に進んでいるかということを他の社会の動きとの連関に於て考える時、私達の発見する戦犯釈放運動は、しかあるべきそれとは決して受け取れないのである。

私の観るところでは、戦犯釈放運動はそれ自体独立したものとして取り上げられている。しかも故意に別個に取り上げられていると言わざるを得ない。もしこの運動が純粋に国民的な運動であったならば、それは当然反ファッショ的な平和反戦運動との結び付きに於て発生したに違いないし、又発生しなければならなかったと思う。

ところが戦犯釈放運動は単に戦犯釈放運動として始まった、このことは大いに特徴的である。そして何故このような可笑しな形態で釈放運動が始まったかを考えると、この運動の背後には何か不純なもの、隠されたものがあるのではないかという疑問が起きるのである。ではその隠されたものは何か？　それは故意に意識的に隠されているのであって、現在私のいるような場所からはなかなか簡単に窺い知ることが出来ない。けれどもこの問題の重要性に鑑みて私は敢てこれを試みようと思う。

戦犯釈放運動に従事している一団体が発行したパンフレットの引用から始めよう。

斯くの如くこの運動は出来る丈広く且つ強力に進めらるべきであるが、この場合慎重に留意しなければならぬことは、この問題を不純な動機によって利用したり、或いは政争の中にまき込むことである。繰り返して述べて来たように問題は極めて微妙なものであって、その取扱は頗る慎重を要する。ということは行動を躊躇せよということでは勿論ない、誠心からの真摯な問題の取り上げ方であり、真実の叫びを上げようということである。

最近ややもすると、選挙の接近と共にその効果を狙っての動きが見え始めて居る様に思うから之を戒めるのである。更にそれに留らず、右から言えばこの問題を再軍備問題と結びつけて無責任な言動に出るものや、左から言えば「戦争は何としても之を避け度い」と希う受刑者（戦犯のこと）諸君の素朴にして真実の感情を、政治的背景をもった全面講和論や、為にする再軍備反対論に結び付けて採り上げようとする、極めて軽薄なる動きの兆候を見逃し得ないからである。……

この筆者の言わんとしていることを、別の言葉で云えば、何等「政治的背景をもたない」単独講和論と再軍備論の（彼等の）立場から見ても、戦犯釈放運動を「軽薄なる」全面講和論や再軍備反対論の「不純な」動機よりする政争の具にされぬように慎重を要するのである。彼等はハッキリとこのことを意識しているのである。だが、此のパンフレットは慎重に過ぎたために、却ってウッカリと馬脚を現して了ったものであって、「戦犯釈放運動」の本家本元はこのような可愛らしさは微塵もなく、カキのように固くその口を閉じているのである。

口を閉じているものを語らせることは出来ない、又政治に於ける黙秘権は厳として存在しているようだから、私は観点を変え、釈放運動を具体的に分析し、本質と本質でないものに区別し、それによってこの運動の意味するものを明らかにし度いと思う。

戦犯釈放運動の最もハッキリしたもの、釈放一点張りの運動は当然巣鴨の戦犯自身によるものである。「BC級戦犯の実相を語る」という標題のパンフレットがBC級戦犯自身によってガリ版で謄写された。彼等の運動は釈放一点張りではあるが、それを裏づける内容が無いのではない。このパンフレットの一節に、

最近きくところによれば、かつての「人類の敵」とか「残虐行為者」とかいう言葉の代りに、一部では「戦犯は尊い戦争の犠牲者である」とか「戦争に勝てば金鵄勲章を貰う殊勲者である」とかいうことが云われている由でありますが、前者をそのまま返上するは勿論、後者の称揚の言葉に対しましても、云ってくださる方の厚意は多としながらも、やはりそのままでは頂きかねるような気がいたします。私たちが国民に訴えたいのは、私たちがかつては善良な国民の一員であり、現在は真摯な平和愛好者であるということであります。残虐者扱いとか犯罪人扱いは勿論好みませんが、特にとり持上げられる理由もありますまい。もっとも、戦争——特に敗戦の犠牲者ということはできるでありましょうが、そういう犠牲者視よりも、皆様と同じ善良な国民であるという風に考えて頂き度いものであります。そして、この立場から現在の不幸な境遇

よりの解放につき、同胞としての皆様の御援助を希いたいのであります。あの苛烈な戦局の下、戦場に身を曝したものとして、中には多少の行き過ぎの行為も、時には考え違いの行為も今から思えば絶無ではなかったのであり、反省すべき点に対しては、囹圄において深刻な反省を懈らぬつもりでありますが、この反省より生ずるものは、個人的な悔悟、ざんげ、贖罪の念ではなく、戦争そのものの非人道性と残虐性の認識および強烈な平和愛好の一念に外ならないことを、充分御理解願いたいのであります。国民の中には、われわれに対する同情を喚起するために、「戦犯は過去の非行を悔悟し、ざんげの日を送っている、だからもう許してやってもよい筈だ」と述べる人もありますが、こういう考え方は「犯罪人」に対するものであり、私たち自身は毫も「犯罪人」とは考えていないのでありますから、実をいうと決して有難くなく、その人たちの善意もそのまま受入れるわけには行かないのみか、時には却って反撥をさえ感ずるのであります。人道上から見れば、戦争そのものが既に「残虐行為」であります。したがって、戦争に従う以上、勝つために、又は味方の安全を保つために、ある場合には、敵側個人の身体生命を犠牲にせねばならぬ場合を生ずるのはやむを得ないことであり、これをしも「残虐行為」として非難するならば連合軍側にも、いな、連合軍側にこそ最も悪質な残虐行為があったことは否定できない事実でありますし、そしてそれは将来の戦争においても同様であることは、朝鮮に於ける戦争の実態を知る何人にも容易に納得できることと信じます。かくしてわれわれは愛する同胞をして、二度と再び、われわれのような悲惨な「戦犯」への途を歩まないことを心から熱願するものであります。（後略）

前後を切り離したので何故彼等が毫も自分を「犯罪人」とは考えないかがこの引用された部分では現れていないが、パンフレットの他の部分は何故彼等が自分を犯罪者と考えないかという理由を詳細に述べていることを附け加えて置く。このようにBC級戦犯自身の釈放運動は目下のところは事の真相を曝露して、人道に訴え、その力によって合法的に釈放へもって行こうという考え方に基いている。引用した文に明らかに表されている彼等の態度はBC級の平均的個人の態度を比較的正しく反映してはいるが、現在に於ける彼等の意識水準としては寧ろ平均よりやや高いところにあるように思われる。彼等一般に共通する偽らざる気持は「何でもよい、出してくれ」であり、政争の具であれ、何であれ、「とにかく出たい、俺等を出そうと努力するものの動機と目的は何であっても仕方がない、ただ出してくれ」というところに帰着するのではないかと思われる。と同時に彼等は真実が一番有力であることを知っているから、真相曝露の戦術をとっているのであり、人道の力を過大評価している訳でもないが、無力な彼等には他に手段もないから、それに訴えているのである。そして、この手段に欠けていることが、彼等の運動を純粋性に於て保持している。彼等の運動は一般の「運動」の概念から離れている。それは寧ろ自然発生的な本能的な自己防衛の反射行為に近いのであり、いわゆる戦犯釈放運動の概念には入らないと思う。

私達に一番よく目につく運動は代議士の運動である。今迄のところ唯一の例外を除いてそれは代議士の対巣鴨運動であり、彼等の選挙運動である、と書いて了っては酷であるかも知れないが、多くの代議士は我々にそのような印象を与えたことは事実だ。彼等は集団面会という形式をとった、囚人は出身県毎に県人会をつくっているが、代議士が自分の出身県と同じ県人会に面会を申し込んで、集団的に囚人と面会するのである。

ある有名な代議士で保守政党の幹事長をやった事のある男は「戦犯は近い中に全員釈放するようにする、仮釈放として全員出して了う」と見えを切り、その際我が党の天下になったならばということを暗示するのを忘れなかった程忠実な政党人であった。ところが、直ぐさま一人の戦犯が憤然として次のように講和条約の一節をよみ上げた。

「講和条約第十一条　日本国は、極東国際軍事裁判所並に日本国内及び国外の他の連合国戦争犯罪法廷の裁判を受諾し、かつ、日本国で拘禁されている日本国民にこれらの法廷が課した刑を執行するものとする。これらの拘禁されている者を赦免し減刑し、及び仮出獄させる権限は、各事件について刑を課した一又は二以上の政府の決定及び日本国の勧告に基く場合の外、行使することができない。極東国際軍事裁判所が刑を宣告した者については、この権限は裁判所に代表者を出した政府の過半数の決定及び日本国の勧告に基く場合の外、行使することが出来ない」

代議士はその時一言もなかった。彼はこの条文の存在を知らなかったのだ。

それから、与党のある婦人代議士は、戦争裁判の実相を聞かされ、且つ、第十一条を含んだ条約をなぜ議会で通したのか、あなたはこの第十一条の存在を知っていたのかと質問されて、「実は何も知りませんでした、スミマセン」とオロオロ泣き出した始末には、流石のセンパンも手を上げたというエピソードもある。

以上が私達の眼に映った国会人の「運動」である。既に書いたように私は選挙運動以外の如何なるものも彼等の運動の中に観る事が出来ない。

次に一部の顔役的人物のやっている釈放運動がある。勿論私達はシャバで彼等が何をしているかは知らないのであるが、彼等はしばしば巣鴨に出入し、菓子や汁粉を全員に差し入れたり、その代りA級や、或いはBC級の戦犯で死刑の判決を受けたことのあるものに揮毫を求めたり、ある時は演芸を差し入れたりする人々であって、「一家を挙げて戦犯釈放運動に専念している」人々である。彼等は別に職業を持たないようだから、子分を養うには随分経済的に苦労しているに違いない。よく金が続く、キット金の生る木を持っているのではないかと疑わざるを得ないような一寸不可解な存在である。その中の一人は自分の連れて来た婦人代議士に対して恰も宿屋のオカミに対するような態度に出られる不思議な人種であり、戦前によく見受けられた、義理人情を重んずる類いの極めて封建的な人々に属している。

この種の運動は、名は戦犯釈放運動であるけれども、私達のヒガミ根性からいえば、もし本当に戦犯全員が釈放になって了えば、彼等の仕事が無くなるのじゃないかと心配したくなるような運動なのである。

目をジャーナリズムに転じよう。

アメリカはマス・コミュニケーションを残すところなく活用して、私達に「人類の敵」「残虐行為者」の烙印を捺すことに成功したけれども、日本のジャーナリズムも亦それ自身のイニシアティヴで私達に対し、仮借のない悪口雑言をあびせかけたように思う。昨年或る雑誌は「終戦当時、日本軍の残虐行為に対して国民は限りなき失信と、憤激を感じ、従って軍事裁判の結果には、正直なところ余り関心を持たず、寧ろ当然な結果であると考えていた」と書いたけれども、この事は確かに事実であった。

最近になって、漸く真相の一部を知った為かどうかは知らぬが、ジャーナリズムの豹変振りは天晴れであった。例を新聞の標題に求めよう。

「〃全員赦免を勧告せよ〃　相手国の承認得れば出所　弁護団などが政府へ要望」

「戦争犯罪の再検討」

「本社記者巣鴨刑務所へ訪う　再審査を要望の声」

「聞いて下さい　超えた茨の路　いつまで続くやら、戦犯家族の巻」

「山下将軍に罪はなかった　リ氏講演　戦犯裁判はバカげている」

「〃原爆娘〃　巣鴨の戦犯を訪問」

「寄辺ない戦犯に情け　永田氏巣鴨の朝鮮人に五万円贈る」

「〃同胞よ私達を救って下さい〃　頼みは政府の折衝　比国戦犯から涙の嘆願」

「戦犯はどうなる　出所者座談会」

等々であるが、甚だしい例では、ある一地方新聞には「一刻も早く戦犯を凱旋せしめよ」とあった。かかるジャーナリズムの態度は「占領中の新聞論調は決してジャーナリストの真意から出たものではなく、親米的反戦犯的態度は、強いられたものであった。今や新聞は自己の行為を反省しつつある」といった態度であって見方によっては、将来戦犯釈放のあることを見越して、バスに乗り遅れまいとする準備と見られぬこともない。

ジャーナリズムによる戦犯釈放運動は目下のところは、少なくともその新聞社自体の個々別々の運動であり、一ヵ所によって指導された積極的な論調は概して出ていないようである。だが、これはその下準備であり、やがて新聞をあやつる陰の勢力は仮面をつけたまま、大上段に戦犯釈放を振りかざすであろう。今や新聞は、そのための下地を作るに懸命といった情況にある。

「愛の運動」による署名運動は六月五日全国一斉に行われた。愛の運動、都（県、市）協議会が中心となり、留守家族会、赤十字社、各宗教団体、戦犯受刑者世話会が共同してこれにあたった。表面には出ていないが、これには自治体の民政部、世話課が強力に参加していて、世話課には旧軍人が入り込んでいる。「私達は表面には出られないが、結局私達がやらなければどうにもなりません」と彼等の一人が言ったように、彼等は裏に隠れながら全国的に組織立った運動を展開する程に隠然たる勢力を恢復し始めている。翌六月六日の新聞は述べている。

この運動に加わっているある牧師さんは「最近『日本無罪論』を無反省に叫び始めている右翼団体に、この運動が悪用されねばいいがと心配しています。われわれは戦争に対する反省は忘れず、同胞としてのヒューマニズムの立場からこれを推進したいのです」と語っていた。

不幸にもこの牧師の予感は的中しているのである。しかし彼は、同胞としてのヒューマニズムが現在の社会制度の下に於て可能であると信ずる自分の「心の貧しさ」には気が付かないのである。

法律的正義感からの釈放運動も強力にすすめられている。日本弁護士連合会の釈放運動である。弁護士の一部の人は戦犯裁判の弁護士として、親しくその実相に触れる機会があったので、不法な裁判に対する彼等の正義感は彼等をして座視することを許さず、かねてから減刑赦免について種々運動を開始していた。彼等の主張は、

一、裁判が一方的に行われたこと、即ち検事が被害事実を針小棒大に誇張し、無根の事実を捏造し、偽証人を立て、俘虜の口供書だけを受理する一方、被告側の証人や証拠を却下し、検事側の証言の都合の悪いところは記録から抹消して無かったこととした事

二、刑法上の諸原則が無視されたこと、即ち罪刑法定主義は行われず、量刑がデタラメで裁判官の気分一つで死刑ともなれば無罪にもなったこと、俘虜や現地の関係者が裁判官になったこと

三、刑事責任と行政責任が混淆されたこと

四、日本人の思想、風俗、慣習、生活水準、環境、事情が無視された事

五、被告人に対しては不法、不正な拷問、脅迫、偽瞞等が行われ、又証人の偽造、買収

等が行われたこと等が人道の名に於てする裁判としては許し得ないという主張であるようだ。

彼等は日本弁護士連合会に戦犯釈放対策委員会を設けて研究した。そして平和回復後に於て戦犯は全部赦免すべきものとの結論に達した。同会は戦犯全員赦免に関する意見書を作成し、これを政府及び国会に提出するとともに、海外の識者、法曹団体に呼びかけ、また国内にも呼びかけて、世論の喚起につとめている。

次に掲げるのは日本弁護士連合会の意見書の要旨である。

戦犯の赦免について

第一次世界大戦の時、連盟国がオランダへ亡命したドイツのカイゼルの引渡しを求めて処罰しようとしたが、オランダが拒絶したので実現しなかった。

戦争がすんでから戦勝国が戦敗国民を捕えて処罰したのは、事実上今度の戦争で初めて実現されたことである。

しかし戦争がすんでから連合国が七年も日本を占領して、戦争から生じたあらゆる障害が除かれ平和条約が効力を発生したからには、戦争犯罪人も全部釈放するのが講和の精神でなければならない。日本政府がいつ戦犯の一般赦免を勧告すべきかというと、それは国民の総意が、そこへきたときである。

そうして国民の気持をあらわすのは国会であるし、国会がその決議案を可決した今日としては、戦犯赦免の勧告は、十分その時機に達しているというべきである。

なお政府は、戦犯赦免は、減刑や仮出所の方法で次ぎ次ぎに釈放しようとしているようであるが、これは以前からもやっていたことで恩赦というほどのものではない。平和条約の恩典は実に赦免である。だから政府は、先ず第一に赦免を勧告すべきである。

然るに政府はその手続きを躊躇しているのは、平和条約の趣旨に添わないばかりでなく、その為に却って逆効果を来す恐れすらないとは云われない。このようなわけであるから、政府は一日も早く全戦犯に対する赦免の手続きをとるべきである。

昭和二十七年六月二十一日

日本弁護士連合会

次に最も有力な運動団体は、戦犯受刑者世話会である。この団体は五月十日に発足した。会長は藤原銀次郎で、井野碩哉、石原廣一郎、石川一郎、岩村通世、西尾壽造、及川古志郎、岡村寧次、緒方竹虎、高石眞五郎、村田省蔵、宇垣一成、野村吉三郎、安井誠一郎、山梨勝之進、松阪廣政、藤山愛一郎、郷古潔、後藤文夫、阿部信行、有田八郎、青木一男、鮎川義介、斎藤惣一、佐藤喜一郎、岸信介、清瀬一郎、正力松太郎、重光葵、下村宏、杉道助等の人々が世話人である。

その趣意書の要旨は、「戦争犯罪に就ては、種々の見解がありましょうが、等しく国家の為め戦争に従事し、戦敗という現実によって生じた一種の犠牲者であり……彼等とその家族は戦争犠牲者援護の対象ともならず、物心両面で極めて同情すべき立場にある……本会は赦免、減刑、海外戦犯の早期内地帰還、戦犯とその家族の救恤、慰問、救済を目的とする」という事になる。

役員の顔ぶれが、既にハッキリした性格を表している上に、この会の運営の実際は旧軍人によって行われているやに聞いている。このこととその資金支出能力から考えて、この会が釈放運動の原動力となっている事は明らかである。この旧勢力、私達を現在の悲境に陥れた真の戦争責任者達、且つその「実力」によって容易に連合国の裁判を免れた人々が臆面もなくこの運動によってBC級戦犯を利用し、自己の勢力の恢復を企図しているのである。

以上が私の目に映った戦犯釈放運動の具体的な動きである。そしてこの運動はハッキリした一つの事実を惹起した。即ち戦犯に関する国会の決議である。

六月九日参議院の決議

戦犯在所者の釈放等に関する決議

講和が成立し独立を恢復したこの時に当たり政府は、

一、死刑の言渡を受けて比国に拘禁されている者の助命

二、比国及び濠洲に於て拘禁されている者の速やかな内地帰還

三、巣鴨プリズンに拘禁されている者の妥当にして寛大なる措置の速やかな促進

のため関係諸国に対し、平和条約所定の勧告を為し、或いはその諒解を求め、もって、これが実現を図るべきである。

右決議する。

六月十二日衆議院の決議

戦争犯罪者の釈放等に関する決議

講和条約が発効し、独立の日を迎えた今日、衆議院は国民大多数の感情と家族縁者の切実な念願にそい、フィリッピンに於て死刑の言渡を受けた者の助命、同国及びオーストラリア等外地に拘禁されている者の内地送還について関係諸国の諒解を求めるため、又内地に拘禁されている者については、平和条約十一条による赦免、減刑及び仮出獄の実現を図

るため、政府の速やかな措置を要望する。
右決議する。

右の決議は戦犯及びその家族達の希望するところの全員即時釈放からは程遠い、骨抜きの形で決議されているが、噂によれば、与党は最初極力この決議案を上程させない方針だったのだが、ただ決議だけなら、且つ骨抜きにするならばと譲歩して可決したという。政党としての自由党はこれを握りつぶす事は到底出来なかった。彼等は大勢を察知したが故に、寧ろ進んで議案を提出した、自由党、改進党、両派社会党の共同発議による益谷秀次外六名提出の決議案であり、参議院に於ける大屋晋三他六十三名発議の決議案がこれである。このような事情で成立した決議は、その後決議されたままである。政党は決議をしながらその実行を政府に積極的に要求しないほどにダラクしきっている。政府も政府であれば、政党も政党であり、正に国会は茶番と化しているのである。

ところが更に滑稽な事には、自由党の代議士達は、同党国会議員塚田十一郎の主唱によって戦犯議員連盟を組織し、自由党議員一二〇名がこれに参加した。しかも彼等は他党の議員をシャットアウトしてこの「連盟」を専ら自分達のみの選挙運動対策としているのは全く人を馬鹿にした行為であり、自分達だけが戦犯釈放の音頭取りである感を、一般に印象づけようと試みたのである、名実ともに戦犯議員連盟である。やや之に類したものは、衆参両院に設置された宗教議員連盟（十九名）である。これは政府に対して、議会の決議と同様な事の外に戦没者遺骨の収容対策を立てることを要求しているところが、如何にも宗教人の連盟らしい。

これが旧勢力のあやつった戦犯釈放運動の成果である。混沌とした現象の中にも、或る読者はこの運動の将来の発展段階への移行を示唆するものを読み取ったかも知れない。これについては、私自身の解釈を読者に述べる前に、如何にして私がその説明に到達したかを冷静な読者によって検証して頂くために、私の知り得たところのものを提出することにしよう。しかしこの為には予備知識が必要であり、従って多少巣鴨プリズン自体に触れなければならない。極力簡単に必要なことのみを述べよう。

話は未だ巣鴨が米軍の管理下にあった時から始めなければならない。当時巣鴨の戦犯は、彼が何所の場所でどの国の軍事裁判を受けたかは問わず、その後内地に帰されて現在巣鴨に入れられている者は、米軍によって横浜で裁判された戦犯と同様に、既に刑期の三分の一を刑務所で過ごしたものは、仮釈放（パロール）委員会の前で取調を受けて、その結果オーケーとなった時、仮出獄が出来る事になっていた。ところがパロール委員会の制度はアメリカの制度である。アメリカ本国では、パロール委員会の委員はこれを一年やれば一生食って行けるといわれているそうだ。横浜法廷の鬼検事であったヘーゲンという男が、この委員長をやっていた。ところが戦犯の家庭で経済的に余裕のあるものは殆どなかったので、誰もヘーゲンを頷かせるほど多量の油を塗ることが出来なかった。その結果として、刑期の三分の一はおろか二分の一を遙かに過ぎたもの、満期前三ヵ月位の者でも中々オーケーしては貰えなかった。これが長く続いたが、講和条約署名の頃から、流石のヘーゲンも自分の方針を変えざるを得なくなり（或る勇敢な日本人が、来日したアメリカの有力者に実情を訴えたので）、毎月相当の人数の戦犯がこの制度で出獄出来るようになった。もっとも、彼等は委員会の前で平身低頭し、悪うございました、あなたの御無理は御尤もですという態度を取った者のみで、真実を曲げなかったものは決してオーケーを得られなかった。多くの人は家庭のことを思って一刻も早く帰りたいばかりに事実を曲げたのである。裁判は飽くまで正しかったと横車を押すアメリカの方針は一貫している。パロール通過の秘訣の一つに次の詫び方があった。「私は〇〇の法廷で〇〇年をもらったが、確かに私は悪い事をした。だがもしアメリカの公正な裁判を受けていれば、せいぜい〇年か△年で、もしかすれば無罪だったかも知れません」。この方法で落第したものは一人もなかった。

ところが、パロール制度はそのまま日本の法律となって我々に課せられている。一般に米軍の戦犯取扱規則の殆どの部分は日本語訳されて、日本の法律となっているのである。

即ち、

○平和条約第十一条による刑の執行及び赦免に関する法律（法律第一〇三号）

○平和条約第十一条に定める赦免、刑の軽減及び仮出所の勧告及び決定に関する連絡の手続に関する政令（政令第一二二号）

○平和条約第十一条による刑の執行に関する規則（法務府令第四三号）

○平和条約第十一条による赦免、仮出所に関する規則（中央更生保護委員会令規則第二号）

がこれである。

米軍時代はヘーゲンの前で謝れば済んだものが、日本管理になってからは、三分の一の刑期を過ぎた戦犯は（又は親族、知友、その他関係者は）中央更生保護委員会に書類（詫び証文）を英訳して提出し、同委員会をパスしたものは法務総裁を経由して外務大臣に送附し、外務大臣は裁判した国の大公使に送附し、これが本国に行き、それからその本国がイエスかノーを回答するという恐ろしく複雑なものとなったのである。以上がこれからの筋道へ入る前の予備知識である。

講和条約は発効したが期待した釈放は愚か減刑もなく、且つ仮出所は複雑な手続きのために一向進まず、巣鴨人の立場（将来の見通しに関する）は、米軍の時より悲惨なものとなったので、ＢＣ級戦犯の空気は極端に険悪なものとなって来た。これを慰撫すべく政府は七月十日木村法務総裁を巣鴨に派遣しＢＣ級戦犯の代表者と会談させた。この時の質疑応答の中から少しく引用する。

Ａ　我々は人道の敵という名の下に裁かれ、七年間も拘禁されて来た。現在に於て世の中に深い同情が生まれて来ているのであるが、貴下は戦犯についてどういう風にお考えであるか。

法　外国方面に斯ういうことが分れば差し障りがあるが、私は決して諸君を罪人とは思っていない。

Ａ　条約第十一条を受諾した政府の当時の考えを伺いたい。

法　外交上当時何としても形式的に受諾しなければならなかったもので、腹の中から正当と考えたものではなかった。

Ａ　では他の状況上条約締結のため已むを得ず受諾したというわけですか。

法　あからさまにいえないが、気持はそうです。

Ｂ　吉田ダレス会談（条約締結前）に於て何か吾々の将来の解決について裏に含みがあったかに承っているが。

法　それは私は聞いていない。（一言の下にはっきりと）

B　吉田首相がラジオで「戦犯問題に関しては満足すべき妥協点に達した」と放送したことを我々は聞いているが、あれは一体何を意味したものか伺いたい。

法　内幕は私はよく知らない。（ここで総裁タバコをつける）

C　吉田とダレスとの間に何かあったように私共は聞いていた。それが何よりも大きな希望となっていたのであるが講和発効しても何も無かったので、皆はイライラした気持でそれが抑え切れないところまで来ている。

法　私は率直に云うが聞いていない、聞いたという人の話も疑問だ。私は率直にいう。

A　全面勧告の時期は何時か。

法　早期にもうしばらく。

A　もう暫くということは七年間聞き飽きている、その言葉ではもう収まらない気持である。一年でも二年でも暫くだということになるのか。

法　その気持はよくわかるが、僕は言わない。それは責任ある人が云ったのではあるまい。

C　勧告にあたって、一人々々を調査して行くためには果たして何年かかるのか、私達は日の感覚になっている。全面釈放を考えて戴きたい。

法　その方法について苦慮している。然し手続きは手続きとしてふんで、一面大きな観点から処理したい。

C　日の感覚であるということを申し上げたい。まだ待ってくれというのか、見通しは？

法　見通しについてはまだついていない。ついたらあなた方に予告したいが、残念ながら見通しを申し上げるまでに至っていない。（時間がありませんとの注意、この時韓国人代表洪起聖氏は、一寸待って下さいと起上質問）

洪　あなたは死刑された者を靖国神社に祀ると仰しゃったが、私達は日本人と異なって刑死者に、神をふりまわしたりお辞儀をして貰うことでは満足しません……あなたは最善をつくすと云われましたが、それは私達を刑務所に入れて置く事ですか。……韓国人は平和条約第十一条には直接関係はないと、前の法務総裁は云われました。

この翌日七月十一日、政府は岡崎外相を来所せしめた。その時の会談の中から引用すれば、

巣鴨プリズン所長　座談的にやって下さい。

A　昨日木村法務総裁が来所懇談の際、総裁の言葉の中で、第一に我々戦犯を日本国の

罪人とみていないということ、次に平和条約第十一条を受諾したのは、判決の合法性正当性まで認めたのではなく、戦争裁判の判決があったという事実のみを已むを得ず認めたのであるということ、第三点は、早期に全面釈放勧告が行われねばならぬこと、第四に全面釈放勧告の主導権は法務府ではなく外務省であるという四点が明らかにされたのでありますが左様に承知していいのですか、御意見あれば承りたい。

外 今日そのことは法務総裁と話したが、総裁は個人の意見を述べたのであると云っていた。私が今日来たのは、そんな大上段に振りかぶった根本問題ではなく将来の問題について、皆さんの気持を承り私の考えを述べて最善の方法をとるために、十分話し合いたいと思ったからです。

A 八日付の新聞にありましたが、政府は閣議で戦犯問題について協議し、まず巣鴨の戦犯者を釈放し、ついで、海外で服役中の人々の内地送還に努力する方針を検討したということがあったが、それがまとまらず十一日の閣議に持ち越されたという報道がありましたが事実ですか。

外 度々閣議で話は出ているが、取り決めなどということはしていない。

A 十日のラジオ東京のニュースで七百二十名の米国関係戦犯の資料を送れと米国から言って来たそうですがあれは？

外　それは嘘です。あれは間違いですよ。あれは米国関係の二十名かの仮釈放勧告者について、其の者の資料を三部宛本国に送れと大使館に云って来た、そのことを新聞社で間違って報道したのです。

B　くだけた気持で申し上げますが、先程貴君の方にもお考えがあるやに承りましたが、其の方を先に話して頂きたい。

外　お断りしなければならないが、私は色々苦心しているが、多くの国は仮釈放処置の場合でも、日本の要求でやったという立場はとりたくないので、仮りに近い将来に三分の一服役した人が仮釈放されたにしても、これは日本政府が早くやれやれと云ってやったというのでは、その国の国内的によくない。……

B　パロールも減刑も個別審査でやるということになれば、九〇〇人の人を出す為には日本政府に関係書類がないのだから長期間を要すると思う。何とかして全体の線で行かれないのか。

外　私の方は交渉機関であって、内容についてはよく分らないが個別審査で行くことになろう。

C　条約十一条の赦免の勧告は、必ずしも個人審査に基づくものと限らないのではないか。

外　個人審査に基づくものに限られると解する。
C　それは総司令部のヘーゲンだけの解釈ではないか。
外　否、多くの国の解釈がそうである。
C　条約十一条に基づく勧告とは別個に政治的解決を図ることも可能ではないか。
外　可能である。
C　然らば之を併行して行う考えはないか。
外　それはできない。何となれば一般的赦免の交渉を開始するとすれば、其の間十一条に基づく処理の問題が未解決のまま停止されて全般として不利になる。
D　話は戻るようだが、条約十一条の赦免とは個別的のものであって、全面的勧告権ではないということは、対外交渉の途中に於て関係国の正式な意志表示があったのか。
外　正式な意志表示ではない、正式に表明されると動きが取れなくなるので色々の面から意向を打診した結果に基づく判断である。
E　先程の話で、発効時うまくゆかなかった話とは、どんな話だったのだ。
外　それは結局そういう習慣がないということが第一、大多数の国は反対だった。もう一つは条約には十一条がある。これをやらずに――向うにして見れば恩をきせた十一条だったのです。向うで譲歩した積りでいるのですよ。

E　恩をきせているということは十一条を入れた事をですか。

外　率直に云えばそうですね。

F　吉田ダレス会談について我々はその内容に対し深い関心を持っているのだが。

外　御想像に任せるより他なし。

E　我々はそれについて明るい見通しがついた如く吉田首相が言った根拠が知りたい。

外　当時のダレスの気持がどうだったのか聞いていない。十一条となって表れて来たことを我々は当時喜んだ。皆さん笑うかも知れないが、向うでは戦犯のことについては、うんともすんとも云わない模様だったのをあれだけに。

A　実はあの時、首相の放送で「ダレス会談で戦犯問題に関しては満足すべき諒解に達したことは国民と共に慶賀に堪えない」と聞いて非常に期待を持っていた。満足すべき諒解に達したというのは如何なる意味か。

外　そんなむずかしいものでなく、条文が入ったということだ。

A　現在の状況になるということが満足すべき状況と考えたのか。

外　パロールが遅れるという事か。

A　いや、外国で裁判した我々を同じ日本人で管理して、こうして残すという大筋のことだ。

外　そうだろうね。

C　その代りに、なにかあったのではないか。

外　そこまでは行かなかった。

E　せめて年内に何とかなるという見込みもつけられないのか。

外　私の感じでは今年中には何とかしたいと思っている。これはやってみないと解らないのだが、年内には減刑もあり、一応無期の人は有期となり、有期の人は順に出て行ける位にはね。

E　無期の人については。

外　御約束することは出来ないが、残った人もそんなに長いことは。これもやってみなければ解らないことだから。

B　繰り返して御願いするが、パロールの車が廻っただけでは、少数の者しか安心出来ない。一日も早く赦免の車を廻して大多数の者を安心せしめられたい。

外　政府としては、赦免勧告さえすればどうでも良いという考えであれば何でもないことだが、我々としては早くても結果が面白くないものではいけないと思う。先方の気持もわかっているし、それには或る時期があるのでね、苦しい立場なのです。やってみるだけなら何でもないことなんですが、このことで皆さんからやっつけられてばかりいるのです。

F　あと幾年すれば戦犯全部が解決するのか。

外　見通しでは、今年中にはある程度の形がつくと思う。というのはきっかけがついて今の形が変って来れば、後は左程長くはないと思う。

この外に、蛇足ではあるが、一つの材料を出して置こう。

六月頃、巣鴨刑務所附将校ヴィンセント大尉が出席した米軍司令部内のある会合に於て法務部長カーペンターは、最早戦犯は全部釈放すべきであるとの意見を出し、数名の幕僚が之に同意を表した。この情報をA級戦犯鈴木氏が、岡崎外相来訪の際に話題にすると、外相はその情報を確認し、且つ之に加えて、併し司令部の更に上層の間の話で時期尚早ということになったと語った。(因みにヴィンセントの言葉は「今こそ日本政府は全面釈放の勧告を為すべきだ、アメリカでは待っている」)

法務総裁と外相の答弁は議会の答弁のように、ヌラリクラリとしてまるで摑み所がないが、全然の偽りであるとも考えられない。一時逃れではあるにしろ、全くのデタラメばかりでゴマカシ切れるものでもない。何故このようなことになるのかというと、それは言う事を禁じられている事実があるのだと考えるより仕方がない。秘密外交、腰抜外交と攻撃されればされるだけ、秘密を保たなければならないのだ。私が読者と共に、この中から確実に断言し得ることは、平和条約締結前のワンマン吉田とダレスの間に戦犯釈放に関して何かあったということである。

戦犯釈放に関して、彼等の間に全然話し合いがなかったなど、犯人か馬鹿かでなければ信じ得るものではない。法務総裁は囚人代表の質問に答えて、最初は（一言の下にハッキリと）「それは私は聞いていない」と答えている。人はもしも初耳だったらこのような答えはしないであろう、しかも「内幕はよく知らない」のであって、彼はその内幕を多少は知っているのである。外相もその内容は「御想像にまかせるより外なし」と云い、彼は無論それを知っている、尤も「ダレスの気持がどうだったのか聞いていない」のである、そして気持は聞かなくっても解っているのである。

それでは、それはどんな内容であったか、私達も「想像」しなければなるまい。ダレスが来て、吉田と会い、俄然吉田が張り切って、「任期一杯の政局担当」を公言したことを私達は憶えている。吉田内閣は所謂る「政局安定」の下で、事実上の再軍備を強行し、行政協定を結び破防法を強引に押し通した。しかし吉田内閣は国民の重大な反抗につき当り、その戦争と亡国の政策は全く行き詰まってしまった。吉田が「予備隊は戦力でない」との嘘八百を、何時かなぐり棄て、公然と再軍備を認めて憲法の「改正」を国民に訴えるかは、大きな政治問題である。彼はその時の熟するのを手ぐすねひいて待っているのだ。

吉田内閣の意図は再軍備の公然化である、憲法の「改正」である。次いで国外に於て戦争する能力のある軍隊の再建である。しかもこれをなるべく有利にやろうと思っている。取引で有利にやることは相手をジラスことである。吉田はアメリカをジラサなければならない。再軍備はまだかまだかとそれを恐れている国民を反対の意味でジリジリさせ、終いにはどうにでもなれという投げやりの気分になった時、その感覚の盲点をついて一挙に憲法「改正」を行わねばならない。

これを看破した平和を愛する国民は粘り強い闘争を行った。隠然たる反吉田内閣の気運は国民の間に奥深く浸透した。そのため憲法「改正」に成功しても、途端に政権を失う危険が充分に認められた。これでは政党の自殺行為だ。

ダレスが来日した時、吉田は既にこのような状勢になるであろうと見越していた。ダレスは再軍備の実施を要求し、吉田は戦犯釈放を要求した。双方ともお互いに頑として主張を貫こうとしただろう。ダレスは超党派外交の推進力であったし、吉田は感情で動かされる国民の投票を重視せざるを得ない立場にあったから。吉田、ダレスは互いに強くこれを主張した。それにも拘らず「講和条約」を至急締結する事に両者は完全な利害の一致を持っていた。下されたカーテンの中で両者は妥協へと急いだ。吉田は事実上の再軍備、即ち漸次的な予備隊の強化を約し、ダレスは将来に於て戦犯釈放の可能性への道を残した。

そして其の時期は日本が再軍備をした時であった。これがその密約であったろう。

これと逆の密約、即ち戦犯を釈放した時再軍備するという約束は到底考えられない。というのは、「日本政府が早くやれやれと云ってやったというのでは、その国の国内的によくない」というのでは、日本の外交の根本方針に反するからである。（七月十日午後三時NHKニュースは、「西独議会に講和条約が上程されたが『世界に戦犯が存在する限り審議せず』と之を却下した」と放送した）

この密約が出来たとき吉田は喜んだ。「戦犯問題について新しい見通しがついたことは国民と共に慶賀に堪えない」と口外したとて何の不思議があろう。たとい口外しなかったとしても、それを暗示する何物かを記者に与えた程彼は政治家であったろう。この思わぬ結果に有頂天になったワンマンは、岡崎などには密約の内容のみを知らせて、ダレスの気持などは知らせなかったかも知れないのだ。

この密約の実行の時期は、破防法や刑事特別法によって国民を弾圧し、つんぼ桟敷へ追いやり、思うがままに憲法「改正」を行う見込みのついた時であり、これはアメリカ大統領選挙が終った時と大体合致するであろう。法務総裁は「早期に、もうしばらく」と言い、外相は「私の感じでは今年中に何とかしたいと思っている」、「我々としては早くても結果が面白くないものではいけないと思う。先方の気持もよく解っているし、それには或る時期があるのでね……」、「見通しでは今年中には、ある程度の形がつくと思う」というのはあながち出鱈目ではあるまい。

戦犯釈放運動の将来を規定するものは、政府のこの立場である。戦犯釈放は再軍備のための憲法改悪でたかぶるであろう国民の気持を抑える鎮静剤として用意されている。この鎮静剤は既に処方済みなのだ。果してこの薬で国民の気持を抑えられるだろうか？　この薬で抑えられぬ程度にまで国民の興奮を上げてはならないのだ。他方この興奮は憲法「改正」に対する国民の注意を外らす程度には高まっていなければならないのだ。果して国民の興奮を高からず低からず丁度適当なところへまで持って行く事が出来るであろうか？マス・コミュニケーションを握る政府は充分にその成功に自信を持っている。

丁度、その時期に適当な高さまで持って行くためには、今やソロソロ本格的な戦犯釈放運動をやる時が来たのではなかろうか。やがて、メジュサの首がヴェールの裏に感知される程度にはその正体を現わさざるを得ないであろう。

私にはその時期がつい数日前から始まったように感じられる。従来絶対に厳禁されていたニュースの取材や放送録音が刑務所当局から許可されたという話である。釈放運動がその第二の段階に既に這入ったのだというケハイがするのである。

第一段階の釈放運動は、旧勢力のそれであり第二次大戦の亡国者の運動であった。来るべき第二段階の戦犯釈放運動は、第三次大戦への協力者の一か八かの投機となるだろう。そしてこれも、恐らくは祖国を亡ぼす運動となるだろう。私達戦犯は、前者によってダマカされたが、又後者によってタブラカされねばならぬのか。それなら未だしもよい、場合によっては第三の段階さえ仮定的に想像出来るのだ、もしこの第二段階が失敗したならば、その時は、真の黒幕が活動し始めないと誰が保障し得ようか、堅く口をつぐんで、冷やかな微笑すら浮かべながらじっと海の彼方から眺めている真の人形使いが動き出さぬと誰が保障し得るのか。その時こそは、私達は骨の髄まで叩き割られ、カラカラになるまで煮出されて、一椀のスープとなって悪魔の饗宴に供されねばならないのだ。

けれども、まだ今は、私達は死んではいない、生きた人間である。私達は再軍備の引換え切符ではない。私達は戦争地獄へ渡る三途の川の渡し守へ支払う一文銭であってはならない。

私達が欲するのは、人道的見地を楯にとった、他からきり離して戦犯釈放だけを対象とした、死の商人達の運動のおかげで釈放されることではない。

私達が望むのは、祖国がそのすべての旧交戦国と友誼的な平和条約を結び、植民地の圧制から独立し、平和を愛する諸国民の寛大な取りはからいによって、私達が戦争に協力した道徳上の罪を赦され、暖かい日本国民の懐に帰り、平和愛好の国民の一員として祖国の独立と平和とを守り、以って人類の幸福に貢献し得る機会を与えられることである。

（『世界』一九五二年十月号に「一戦犯者」の匿名で発表）

水洗便所の水音
——藤中松夫さんのこと

忘れもしない、それは一九四八年十二月二十三日の夕方の六時半頃であった。横浜の米第八軍の軍事法廷で絞首刑の判決を受けた私は、寒風に吹きさらされながらジープで巣鴨刑務所まで護送されて来たので、空腹と寒さにすっかりこごえていた。どんなに寒かろうがどんなに腹が空こうが、余命いくばくもない死刑囚にはそんなことはどうだっていいじゃないか——と言い聞かせるのではあるが、私の全身の肉体は少しも納得してはくれなかった。一刻も早く熱い一椀のスープにありつくことより外には、私は何も考えていなかったのだ。

ピンと音を立てて、私の背後に閉まった鋼鉄の音が消えたかと思った時、突如として、無気味なこの世のものとも思われぬ、不思議に錯綜した音楽に近いような騒音がワーンとばかりに湧き上がった。それは数十人の死刑囚が夕食の後に一斉に怒鳴り始めた読経と讃美歌の混声であった。その混声は船艙のような構造の「ブロック」の内部の壁々のあらゆる平面に複雑に反響し、丁度ヘッドライトの光線が反射鏡の作用によって一本の熱い光軸となって投げつけられるように、真っ向うから私の鼓膜にたたきつけられた地獄の唸り声といったようなものであった。そうだ、これが地獄の音でなくて何であろう、と私は思った。

次の瞬間、私は一つの独房に叩き込まれていた、金網が閉められ、再び鉄の音がした。鉄の閂《かんぬき》が掛けられた音である。気がつくと、二枚の畳が敷かれた独房の真中に、ボーッと上気したような熱っぽい赫い顔をした、イガ栗頭の、眼光の鋭い、丁度私と同年輩位の一人の死刑囚が、じっと物言いたげに私を見つめていた。こんな複雑な目の色を、私はかつて見たことはなかった。好奇心と同情の心と、それから死の道連れを得たという安堵と、一種異様な二年兵的優越感とが入り交じったその異様な眼の輝きは、恐らく新来の死刑囚を迎えるすべての死刑囚に共通したものであったろう。けれど、私はこの目に答えることなく、直ぐ様米兵の看守に夕食を要求した。私はガツガツと食事を食い終ってホッと一息つくと、私が私の先住者に対して礼儀を欠いているのに気がついた。

「加藤です、どうぞ宜しく」

「藤中です、どうぞ」

彼は真面目な軍隊的口調でそう答えた。人間の言葉はその語彙に於いて極めて限られている。死刑囚同志の自己紹介というような、デリケートな人間感情を表すためにもこんな平凡な言葉しか用意されていないのだ。

「失礼します、日課ですから」

と藤中さんは私に言って、眼を閉じると大きな声で読経を暗誦し始めた。本職の坊さんかな、と私は思った。だが、坊さんのように職業的な眠い声ではない、真剣な声だと私は直ぐ又思った。

やがて読経が終ると、藤中さんは私に「宗教をおやりですか」と尋ねた。私が「何もやりません」と答えると、「それは不可い、早く読経とナムアミダブツを覚えて真宗をおやりなさい」と言って、一時間ばかり仏教の話をした。その詳しい内容は忘れてしまったが、「死刑囚は全員何かの宗教を信じている、宗教をやると死が恐ろしくなくなる、だからあなたもきっと宗教に入るだろう」というようなことだったと思う。

彼のこの予言は当たらなかったけれど、私は藤中さんがとても真面目な青年であるということが解った。その夜、十時になって二人が枕を並べて蒲団を敷いた時、藤中さんは水洗便所の水を流し始めた。彼は私に言った。

「私はこの水音を聴いていると故郷の水の音を思い出して、家に帰ったような気持になるのです。私の妻も子も、今頃は矢張りこれと同じような水の流れる音を聴き乍ら夢路をたどっているのです。何処にあっても水の音には変わりありません」

藤中さんは詩人だなあ、と私は思った。死刑囚だけが成し得る贅沢な風流だと私は感嘆もした。そして私が藤中さんと同房にあった間、毎夜水洗便所の水は威勢のよい水音を立てながら私達の枕元《もと》を流れ続けたのである。数日の中には私も水洗便所の水音に慣れてしまった。そして目をつぶって水洗便所の水音を聴いていると、村山貯水池の直ぐ近くに住んでいる最愛の妻の上に私の想いも風のように飛び上がって行くのであった。

藤中さんは、一葉の中型の写真を手製の額ブチに入れて机の上に飾っていた。それは美しい若い彼の細君の写真であった。そして色々故郷の思い出と交ぜて、その細君のことを話すのだったが、それについての私の記憶は今では甚だ漠然としている、というより私自身がその当時死と対決して苦しんでいたので、彼の話をよく聴いていなかったのだろうと思う。まして藤中さんも私も間もなく殺されてしまうのだと思っていたから、彼のノロケ話に一々注意する程の神経のシブトさを私は持っていなかったのだ。だが、今となって考えると、サテも惜しいことをしたと思うのである。

藤中さんは、一日の中二、三時間を費やして便箋に書き物をしていた。あの書置きが無事に家族の手に渡っていたら幸いだと思う。私が彼に書き物の内容を尋ねると、それは戦争の体験から得た戦争憎悪と平和を祈る心境を、仏教の精神で書いたものであるということだった。彼は、彼の裁判について色々なことを話してくれたが、私はそれも忘れてしまった。ただ記憶に残っているのは、彼や彼の部下が、彼の上官の証言によって助かるべき処を死の道連れにされたということであった。

藤中さんは死刑から減刑されるという希望を捨てなかった。「アメリカ」の飛行士三名を処刑したという事件のために四十七名が絞首刑を宣告されていたのだから、彼が減刑になるのを希望したとて不思議ではない。事件の最高責任者である将校さえ、助かりたい為に色々な工作をした程である。藤中さんは下士官だったのだ。

だが、その一方で藤中さんは、何時殺されてもよいという覚悟の程を示していた。そして彼の怨みは必ず何時の日にか復讐されるに違いないと固く確信していた。

私は其の後間もなく減刑されて五棟を離れた。だがその死の待合室―五棟―には多くの人々が残っていた。そしてつぎつぎと処刑されたり減刑されたりして、その人数は段々減って行った。

そして石垣島ケースの人々に対する再審の結果が発表される日が終にやって来た。その頃は再び五階の他のフロアーは、無期、有期の囚人によって使用されていた。死刑囚フロアーの一つ下のフロアーには、死刑囚に気がねをしながら多くの既決囚が、ヒッソリと既決囚なりの希望のない生活を送っていた。天井一枚の違いで生と死が相対峙していたのだ。

その日の読売新聞に再審の結果が発表されていたが、階上では、未だ誰も何も知らなかった。又誰も敢えてそれを知らせようとはしなかった。助かったものが意外に少なかったからであろう。私は早く彼等にこのニュースを知らせなければならないと思ったので、階下の独房の物蔭に隠れて、米兵に見えないように気づかいながら、思い切って大きな声を張り上げた。

「石垣島の皆さーん、今朝の読売新聞に皆さんの再審結果が発表されましたから御知らせ致します。減刑された方の名を読みます……前島さん、終身、……炭床さん、四十年、……桑江さん、四十年……北田さん、三十五年――」

「……新聞にあるのは以上六名だけですが、呼ばれない方もどうぞ落胆なさらないで……」

後は声にはならなかった。そして私はその時になって始めて、藤中さんの名が無かったのに気がついた。その時、階上の独房の金網を左右の手でつかんで立ち上がった一人の死刑囚があった。それは痩せて頬骨のやけに飛び出た、紅い上気したような顔をした藤中さんだった。

「俺の名は無いのかッ？」

ハッキリした声だったが、それは最早人間の声ではなかった。

「無かった、ありません……御気の毒です」

馬鹿、御気の毒だなんて、そんな御気の毒な言葉を何故俺は使ったのだ⁉　ほかにもっと適当な言葉がなかったのか？

「……残念です」

私は辛うじてそう附け加えたのである。藤中さんは、

「……、ムム……」

というような唸り声を立て、それから一寸目を伏せたが、思いなおしたように無言の会釈を私に投げ与えると、その姿はフッと私の視界から消えて了った。と、数秒の後に藤中さんは再びスックリ立ち上がると、私の顔を覗き込むようにして叫んだ。

「加藤さん、欺されて戦争に行くんでないぞ、いいか、二度と戦争に行って馬鹿を見るなよ……畜生‼　俺の仇討ちを頼みましたぞ、……それから、俺が立派に死んだと伝えてくれ」

「ハイ、確かに……」

懸命に私は頷いた。米兵が大声でわめきながら駆けつけて来て、藤中さんの金網を棍棒で散々打ちながら彼に悪罵をあびせかけた。全棟はシンと静まり返った。藤中さんの眼は

憤怒に燃えて、米兵と私とに等分にそそがれていた。私はその眼の光りを永遠に忘れられないであろう。その米兵が私の方に振り向いた時、私は何気ない素振りをしてゆっくりと水洗便所の蓋をあけた。そして何喰わぬ顔で水を流し始めた。水道の水は音を立てて流れていた。私は水の流れに誘われて立ったまま小便をした。黄色い液体がトウトウたる水勢によって見る見る押し流されて行った。この卑怯極まるだらしのない恰好が、有期の囚人の偽らざる姿なのだと思った。やがて再び私が二階を見上げた時、もう藤中さんの姿は見えなかった。私は其の後藤中さんを再び見ることが出来なかったのである。

（一九五二、一〇、九手記。ガリ版印刷『散りゆきし戦犯』（三部作）第一部「十三号鉄扉」巣鴨遺書編纂会、一九五三年所載）

私はなぜ「貝になりたい」の遺書を書いたか

テレビドラマ『私は貝になりたい』の主人公清水君、というよりも今最高の人気俳優フランキー堺の演ずるあの床屋さんが、死刑になって果して貝になっただろうか？　或いはあの愛すべき細君が今どのような暮らしをしているかしら？　おそらくあのテレビを観た人たちは、きっと何かの拍子にこんなことを考えてもみたことでしょう。

私は、昨年の十二月二十九日に巣鴨から完全に解放された最後の米国戦犯の中でも、この間の事情を一番よく知っているものです。

そしてある戦犯の遺書として『あれから七年』の中から『週刊朝日』の「戦争裁判を裁く」に引用された〝貝になりたい〟という遺書の主《あるじ》が、実は今日も生きているといえば、意外に思われるに違いありません。しかし、占領下、同胞からも見捨てられたスガモプリズンでの暗い生活で、戦犯の私達には、フィクションでしか発表の自由がなかったのです。

中国人捕虜の処刑

二十四歳で軍隊にとられた私は、平凡な、善良な、感情が豊かでやや強すぎ、あたまも悪くはなく、読書と映画をみることが唯一の道楽というお坊ちゃん気質で、当時は両親も健在であり、あまり物質的に不自由を感じたこともなく、どうやら人並みに大学も出て或る大会社に入社したばかりの、新入サラリーマンでありました。客観的にみて、私と床屋の清水君とではあまりにも異なった生活環境にあったといえます。

昭和十五年の暮、二十四歳で中国の戦線へ応召された私は、終生忘れ得ぬ凄惨な光景に直面しました。初年兵の実戦的訓練という名目で連れ出された私たちは、八路軍という嫌疑で捕まった十人ばかりの中国人捕虜の処刑を命ぜられたのです。捕虜の背中の左肩に赤いチョークでくっきりと×を書き「ここを突け」という命令でした。その中には「おれは八路兵ではない。そこの部落には父親も母親もいる。助けろとは言わぬ、もう一度調べてくれ」と叫ぶ少年もいたのです。中国語の少しわかった私は、あわれな少年の番がまわってきたとき、思わず前に出て「待ってください、八路ではない、罪がないといっています。待って下さい」と叫びましたが、命令を下したD中尉は、「きさま、血を見て逆上したな。いいか、これは憲兵隊で十分調べられて、八路とわかっているのだ。たとい一人や二人良民がまじっていたって、もう手遅れだ。この処刑は中隊長殿から命ぜられた。命令は天皇陛下の命令だ。お前は命令がどんなものであるか知っているだろう。たとい間違っていても、命令は命令だ。ことの如何を問わず命令を守らなければ、戦争はできん。わかったか。わかったらひっこめ」と落ち着きはらっていうのでした。

その少年は目かくしされ、刺し殺されました。そして突き殺される一瞬前まで、「八路でない」と叫びました。最後の言葉は、「母さん《ムーチン》」でした。声がなくなっても、肺臓は無実を訴えていました。口からプツプツと血の泡がふき出して、ゴロゴロと喉を鳴らしました。ほかの人たちは一言も発せず、従容として死についたのです。

私は、引っこんでいろ、という言葉をもっけの幸いに、とうとう手を下さずに済んだのですが、もし、中尉の気がかわって「お前もやれ」といわれたならば、とうてい逃れるわけにはいかなかったでしょう。このおそろしい恥ずべき体験で私の神経は狂い、すっかり人間が変わったといえます。

新潟俘虜収容所

上官の命令で受けた幹部候補生の試験に受かった私は、予備役陸軍少尉として宇都宮の野砲兵連隊にまわされ、昭和十八年の春、日立鉱山のオランダ軍俘虜収容所の所長を命ぜられました。私が外国語を理解できるというのが、引き抜きの理由と想像されます。前途に待ちかまえているおそるべき不運を知ったら、この命令は私をふるえあがらせたでしょうに、当時はこれで戦地に行かずにすむ、死ななくてもすむのだと私は内心大喜びだったのです。俘虜の健康について、会社側とたびたび喧嘩をし、成績をあげたのも、人道上の情熱というより、戦地行きをまぬがれようとする一心であったと思います。ともかく俘虜の生活は向上しました。ひどい待遇を受けていた朝鮮人労働者は、「私は俘虜になりたい」と思ったことでしょう。

私のしたある物質上の要求が通らなかったとき、俘虜の出労をとめたため、私は日立を追われ、東京俘虜収容所の本所にかえされました。

ここでもいろいろなことがありました。俘虜将校を自発的に働かせろという命令が、陸軍大臣――俘虜管理部長――東京俘虜収容所という径路で来る日はついにきました。戦局はようやく我軍の落ち目になっていました。映画『戦場にかける橋』の中に出る早川雪洲の役目が私でした。違うところは、私には僅か横田軍曹（仮名）と二人の通訳兵くらいしか手足がなく、しかも五、六十人の英米濠の高級俘虜将校を働かさなければならないのでした。

横田氏はW大出の、私と同年輩の好漢で、金持の息子で、鷹揚で明るい性格の持主でした。

「こんな戦争に巻き込まれ、こんな所に来た以上、どうせ我々は無事には済みませんよ、仕方がない、やりましょう。加藤少尉殿だって、まさか戦争に勝つとは思っとらんでしょう、どうせ先は見えてます。今の今を要領よくやりましょうぜ」

ついに私も、今の今を要領よくやる決心をしたのです。

「明日より、俘虜将校は全員就労すべし、これは命令である」。その時、米軍大尉マーチンが「私はその命令を拒絶する」といったのです。マーチン大尉がいったことは、結局こういうことです。――日本軍の命令が天皇の命令であったとしても、また天皇が神であっても、それは自分たちには関係がない。余計なようだが、日本人は天皇の命令ならどんな悪いことをしてもいいというのか？　日本人同士がそう信ずるのは勝手だ、しかしそれを我々に及ぼすのはけしからん、俺は祖国を裏切らんぞ。何が天皇だ、笑わせるな、天皇の糞野郎……という次第でした。

対分所関係の本来の本所事務をとる軍属の通訳や、通訳兵も隣室から出て来て固唾をのんで成り行き如何と注視しています。私はグッと詰まりました。理はマーチンにある、しかし他の日本人の面前で天皇が侮辱されては、済まされません。私のもっとも痛い所、立場が逆なら私もそういいたいところを逆に突かれ、私は理性を失いました。

「私に任せて下さい」と横田君が止めにはいりましたけれど、彼だけにいやな役目をさせる訳にはいかない。私の手も汚れている。日立でも規則を破った俘虜をなぐったことがある。なるようにしかならない。私はマーチン大尉をなぐり倒し、足蹴にしました。六尺近いアメリカ人でも抵抗なしにやられてはたまりません。可哀相にマーチンは、明日から働くと言わざるを得ませんでした。こんな勇気のある人間、尊敬に価する一人の人間を足蹴にした時、私は魂を悪魔に売ったのでした。

昭和十九年の初秋、私は新潟にある東京俘虜収容所第五分所長になりました。坂本大佐(仮名)の命令の要旨は、経理事務の改善と、俘虜を無事に越冬させることでした。俘虜の越冬とは、昨年の冬に数十人の俘虜が肺炎と栄養失調で死んだので、今年は一名も殺してはならぬということでした。

第五分所の死亡率の高いのに驚いたジュネーヴ(赤十字)から、視察したいとの申し入れがあり、一時延ばしにごまかしているが、陸軍大臣として何時までも延ばすわけにはいかない。だから、お前を見込んで新潟へやるのだ、早速任地へ行って最善を尽くしてもらいたい。このように階級意識を忘れて頭をたれて、一少尉に頼んだ老大佐もまた懸命だったのです。

山のような仕事がありました。俘虜とはいえ、人間の命を助けるのは誇らしいことだ、人殺し専門の軍隊の中で、こんなやり甲斐のある仕事をする私の喜びを想像して下さい。私は誇り高く張り切っておりました。

しかし、ストーブを入れ、労働にたえ得る食事を確保するという、俘虜たちの生命の最低条件を守ろうとすれば、それはすべて陸軍刑法にふれることになりました。物資が欠乏し、しかも闇の売買が禁止されているとき、俘虜のために石炭を盗み出したり、農家から強引に割当量をとることは、当時の軍隊では命がけの仕事でした。

しかし、俘虜たちには、これらの好意は当然のこととしか受け取られていなかったのです。彼らは米軍における と同様の待遇を受ける権利を主張しました。日本兵より多い一日六本の煙草も、三十本を要求しました。俘虜管理の必要上やむを得ない悪質俘虜の営倉入り、お仕置き等も、彼らが会得している国際法に違反するものでした。日本という特殊な国家形態、そして軍隊組織の中で、精一杯の努力を傾けた私の善意など、彼らには十分の一も通じなかったでしょう。彼らは折あるごとに「われわれは絶対に勝つ。そのときは、お前たちはただではすまないぞ」といい、英語のわかるインテリ軍人たちは、戦況が日に日に悪くなる中で、次に来るものを覚悟して暮らしていました。そこへ、俘虜の逃亡問題が起きたのです。

理由の如何を問わず、収容所から単独で外へ出ることは逃亡の意志あるものとみなされ、逃亡は射殺すべしと俘虜取扱規定にきめられています（これは日本だけでなく、機密保持のための各国共通の規定です）。

ある朝の点呼に、俘虜一名が不足でした。一夫多妻で有名なモルモン教の狂信者で、俘虜仲間も手をやいていたスピヤズが二度目の逃亡をしたのです。

そこにくりひろげられたものは、程度こそ違え、あの中国の捕虜処刑の再現でした。

終戦、逃亡、結婚

それから十数日後、日本は降服しました。坂本大佐は、私と、東京本所の横田軍曹に逃亡を命じました。

飛行場の岡崎大尉が宮城県は仙台の附近に帰農して、開墾に従事することになったので、私は篠原某と名を変え、彼のところにかくまってもらいました。それから約半年の間、私は懸命に働いて、いまわしい過去の一切を忘れようとしました。しかしそれは所詮無駄でした。日本の国家警察が、金に糸目をつけず、傷ついた獲物を追う猟犬のように私の足跡をつけ始めました。今や猶予するときではない、私は仙台を去りました。

九州ではカツギ屋をしました。四国では、偽《にせ》作家に化け、或る病院長の息子のお客となり、半月の間タダ飯を食い、原稿用紙を字で埋めました。広島では爆心地を訪れて、原爆の威力に一驚を喫しました。今年の一月十日に逝去された慶大の恩師及川恒忠教授にはその二宮在のお宅の屋根裏に、一月近くもかくまっていただきました。再び宮城県に現れては、仙台市長（岡崎氏の御尊父）の世話で、栗原郡の元村長の農家に厄介になりました。私はここで二週間ばかり作男の仕事を手伝いましたが、田舎の駐在が、その家に頻々と出入りして不安なので、その元村長の紹介をもらって、附近の鉄道工事を請け負っている、或る小さな飯場に紛れ込みました。この時、戦後二度目の厳しい冬が始まっていました。各地を転々とする土方の浮草稼業ののち、神奈川県の間組の出張所に潜り込みました。

私は西村と変名しておりました。警察はこの時、北海道、東北方面を嗅ぎ廻っていたようです。この間、川崎にある私の家族は、老いたる父母や未だ幼い弟妹までが、別々の警察の留置場に、不法にも長期の間拘束され、非人道的な方法で、私の行方を追及されておりました。けれど当時の私には、それを知るよしもありませんでした。

ある日、私はフラフラと小学校時代の旧友、有馬純勝君を訪れました。彼が厚木の附近に住んでいるはずだったからです。

当時は、ようやく戦犯裁判も軌道に乗り、新聞にはその判決が続々報道されていました。私の知る名前が、絞首刑や、無期や、四十年、三十年の刑に処せられていきました。私の嬉しかったのは、その後間もないことですが、第五分所のかつての部下たちが一律に五年の刑で済んだことでした。これは筋書き通りにいったことと、また私が捕らえられれば死刑となることを意味しました。

有馬宅には、まだ警察の手は廻っていません。彼が上海から帰還したばかりだったからです。私は指名手配中の重要逃亡戦犯五人中の一人で、私の逮捕には、懸賞金さえかかっていました。

その夏、西村善男こと私は、或る女性と結婚しました。彼女は有馬夫人の学友で、有馬宅で私と彼女の顔が合ったという関係からでした。当時彼女は小さなアパートの一室に住む農芸専門学校の三年生で、実家は別にあり、通学の便のため一人住まいでした。

彼女は、園芸の実習で日にやけた、健康そうなズボン姿のつつましい女子学生でした。私の澄みきった目の色に惹かれた、と今の彼女は告白していますが、まさか、三十歳の日傭い人夫の雑役とは結婚する気も起こらなかったでしょう。私も真理を探究するひたむきの純情なこの女性を得たいと思い始め、やがてすべての事情を打ちあけたのでした。

「捕まれば、これなのですよ」と私は頸に手を当てました。

「かまいません、それまでの日を有意義に暮らしましょう」

これで十分でした。私は配給の酒と煙草を人に売って、ささやかな一泊旅行の旅費を作りました。

当然、彼女の親戚は反対しました。どこの馬の骨とも知れぬものに、どうして娘をやれようか。私たちは、私が天涯孤独である事由を説明するため手の込んだ物語を創作し、焼跡の都内の区役所に仮の戸籍を作り、それを転々と移した挙句二人の籍を合わせました。

彼女が学校を卒業した時、私は間組の神田営業所へ移って、今度は米軍モータープールへ出て、通訳とディスパッチ事務をしなければなりませんでした。私は上司に頼んで、旧姓のまま、妻も同じ間組の炊事婦に傭ってもらいました。彼女のアパートは卒業までの約束で、いまさら実家にも帰れず、住む所がなかったからでした。同じ建物に住みながら、縁もゆかりもない他人行儀の暮らしが二十三年の春までつづきました。

前収容所長鈴木大佐は無期、つづいて次の所長坂本大佐も無期の判決を受けました。これはBC級戦犯の裁判がほとんど終わりに近づいていることを意味しました。また私にとっては、坂本大佐が新潟第五分所の例のスピヤズの事件の責任を免がれていること、私がその全責任をとらされていることを意味しました。十指に余る死刑囚を部下から出していながら無期で済んだのです。下に重く上に軽いのが戦犯裁判でした。その後のことですが、俘虜管理の最高責任者、俘虜管理部長○○中将はたった八年で済みました。

安い土地が手に入ったので、私たちは間組をやめて、その退職金に衣類を売って得た金を加えて、二間《けん》に二間の小屋らしきものを都下の小平町に建てました。これを私たちはお城とよんでいました。

スガモの死刑囚

昭和二十三年十一月の或る夜の八時頃、七、八人の私服の刑事たちが〝お城〟を取り囲みました。

「加藤哲太郎御用」「神妙にしろ」「御用、御用」とばかり映画の時代劇のような掛け声をかけながら、背広をきたマッカーサーの犬どもが踏み込みました。まったくひどいものでした。妻は大きな腹をかかえていました。おそれていたその日がついに来たのです。かねての覚悟か、彼女は少しも取り乱さず、曳かれて行く私に細かい心づかいを示しました。

十二月二十三日、私は横浜の軍事法廷で絞首刑の判決を受けました。この日未明、東条らA級戦犯の処刑があり、私の刑の報らせを聞いた妻はショックを受けて、月足らずの女子を分娩しました。

判決理由は俘虜殺害と故意かつ不法にも俘虜を虐待または暴行したということで、何人もの俘虜の証言が十何ヵ条かの罪名になっていました。私の逮捕はかなりな冷却期間を経てからなので、妻は冷静な裁判が行われれば助かるかも知れないという期待をもっていました。しかし巣鴨で知った戦争裁判の内容は、想像以上のひどさでした。彼らは一人でも多くの日本人を戦争犯罪人にすることを望んでいたのです。文字通り質でなく量でした。

薬品が足りなくなってからは、各収容所とも点灸師にたのんでお灸をすえさせたのですが、お灸をすえて半年後に他の原因でその俘虜が死んだため、火焙りの刑で俘虜を殺したと断定され、四十年の刑を宣告されたもの、一度撲ったことのある俘虜の病死について、撲り殺したという理由で絞首刑になったものなど、判決が正当と考える戦犯は一人もいませんでした。

第一回判決の翌日から、私の助命嘆願運動が、私を知るほとんどの人々、多くの見知らぬ人々の協力ではじめられました。私にとっては、いつひき出されて絞首台に上らせられるか知れない不安な日がつづきました。死刑囚は発狂すると刑を執行されないので、命をつなぎ時間を稼ぐために、妻は私の精神鑑定と松沢病院への入院を要求しました。米軍は妻たちの要求を一蹴して、精神鑑定をするため米軍の三六一病院へ入院させたのです。

入院とは名ばかり、鉄の檻にはベッドすらなく、マット一つと毛布一枚があるっきり、私はそこに二人の狂人と一しょに監禁されました。私は、ここでひどい虐待を受けました。ガード、衛生兵、白や黒のＫＰ（食事運搬の軽症患者）は些細なことから私たちを撲りました。水をくれない、食物をくれない、便所へ行かせない、これを我慢する辛さを想像して下さい。

子供と初めて対面したのもこの病院です。しかし、すぐ目の前にいるわが子に手をさし出そうとするのを、MPにきびしくさえぎられました。あとで妻の語るのを聞くと、二重の格子のはまった病室を抜けてゆくとき、そこにうずくまる、おしきせのパジャマをきた人間は、この世のものとも思われない凄惨な姿だったといいます。空腹で、日の目もみないので顔色は悪く、絞首刑の判決と同時に丸刈りにされた頭が少しのびかけ、頭が痛いのか、後頭部をガンガン壁に打ちつける者もいる。ちょうど、鬼界ヶ島の俊寛の亡霊を思わせる光景だったといいます。約一ヵ月後、私は狂人の真似をやめ、巣鴨の死刑囚ブロック（死の待合室）へ帰りました。常人に戻れば殺されることはわかっていましたが、病院は常人にはとうていたえられぬ地獄でした。それ以上そこにいれば、私はほんとうに気が狂ってしまったでしょう。どうせ死ぬなら、死ぬ前にもう一度、人間らしい人間に会いたかったのです。

しかし、思えばこれは珍しくも異様な体験でした。私は一般の戦犯死刑囚、というよりも日本人はこのような悲惨な状況の下で死に対決するとき、何を考えるか、できるだけ冷静に観察してやろうと思いました。私はかなり以前から無神論者です、読経や聖書を読んで時間をつぶす芸当ができなかったのです。私は私の名づけた死の待合室の中で死を待つ人間、とくに死刑囚がどのように自己を処理していくかを見るのに深い興味をもちました。

死刑囚の処刑が全部終わってこの死の待合室がなくなった数年の後、これらのヒントで書いたのが「狂える戦犯死刑囚」の短篇で、私はその中で赤木曹長という人物の遺書という仮りの形で、BC級戦犯死刑囚の一部の人々の気持を次のように語らせました。

「天皇陛下よ、なぜ私を助けてくれなかったのですか。きっとあなたは、私たちがどんなに苦しんでいるか、ご存じなかったのでしょう。そうだと信じたいのです。だが、私にはに何もかも信じられなくなりました。耐えがたきを耐え、忍びがたきを忍べということは、私に死ねということなのですか？　私は殺されます。そのことは、きまりました。私は死ぬまで陛下の命令を守ったわけです。ですから、もう貸し借りはありません。だいたい、あなたからお借りしたものは、支那の最前線でいただいた七、八本の煙草と、野戦病院でもらったお菓子だけでした。ずいぶん高価な煙草でした。私は私の命と、長いあいだの苦しみを払いました。ですから、どんなうまい言葉を使ったって、もうだまされません。あなたとの貸し借りはチョンチョンです。あなたに借りはありません。もし私が、こんど日本人に生まれかわったとしても、決して、あなたの思うとおりにはなりません。二度と兵隊にはなりません。

けれど、こんど生まれかわるならば、私は日本人になりたくはありません。いや、私は人間になりたくありません。牛や馬にも生まれません、人間にいじめられますから。どうしても生まれかわらねばならないのなら、私は貝になりたいと思います。貝ならば海の深い岩にへバリついて何の心配もありませんから。何も知らないから、悲しくも嬉しくもないし、痛くも痒くもありません。頭が痛くなることもないし、兵隊にとられることもない。戦争もない。妻や子供を心配することもないし、どうしても生まれかわらなければならないのなら、私は貝に生まれるつもりです。……」

亡父が若いとき牧師だった関係で戦犯問題への発言を禁じられていたキリスト教の人々も助命運動に参加したことが、マッカーサーを動かしたのか、私は裁判の異例のやり直しを受けることになりました。第二回目の裁判で、私は無期の判決を受け、つづいて最後の書類審査（再審）で三十年の有期刑が決定しました。前裁判のやり直しになったのは私が最初でかつ最後でした。それ程力強い有効な助命運動が行われたのは、ひとえに私がよい環境の下で成人したことを示すもので、この運動のことを書き出したら、それこそ『非情の庭』以上の物語になりますので、今はいっさいを省略し、あえて一人の人名もここには出しません。例外はあくまで例外です。ほとんど運動らしいものもなく、次々と首を吊られていった犠牲者たち、そしてその家族の人たちの苦衷を思えば、私はあまりにも恵まれていたと、いまさらのように感謝で一杯です。

二十四年から約四年の間、スガモプリズンは私にとっては、過去を反省し、将来の生き方を考える絶好の道場でした。私自身の過去の考えが徹底を欠き、善意はあっても結局は長いものに巻かれてしまう性格の弱さが、しみじみ悔やまれました。私はいっさいを白紙にかえして、謙虚な気持で勉強を始めました。すると一日また一日がアッという間もなく終わってゆきました。そして自分の眼がだんだんと見開いてくるにつれて、私の、戦争を憎み平和を愛する気持が正しく理論づけられ、自己のものとなっていくのがハッキリわかりました。

私は家族の生活の苦しみは考えないことにしました。物事が割り切れ出したのです。妻子のことを考えても頭は痛みませんでした。都下吉祥寺の明星学園高等学校に妻の職が与えられました。妻は子供をおぶって教壇に立ちました。明星学園は私が小学生の時、わずか三年ばかり学んだ学校でした。その母校の名誉を汚したこの私をさえ、恩師、旧友の人々は温く寛容されて、私の妻に職を与えて下すった、今はただその厚意を甘んじて受け、私は安心して自分自身の修養の道にいそしんでおりました。

ところが、やがて獄中にも、逆コースの風潮はヒシヒシと感じられてきました。もはや、私たちは黙っているわけにはいかなくなりました。ＢＣ級戦犯が、わが罪の深さのあまり発言を遠慮する必要がなくなったのです。我々を罰したアメリカが朝鮮で物凄いケタはずれの悪虐な行為をしていることが、彼ら自身の口から、さも自慢そうに、鼻をうごめかして語られるようになりました。日本の再軍備が着々と進められ、民族を売り渡す単独講和条約が調印され、与えられた国民の自由と民主主義の権利が迅速に奪い返され始めた時、私たちは今や沈黙は共犯であると考え始めました。

私は思いきって、昭和二十七年十月号の雑誌『世界』に「一戦犯者」の署名で、「私達は再軍備の引換え切符ではない」を投稿して、幸いそれが採用されました。これを皮切りにして、数十名のＢＣ級の戦犯たちが獄外に向かって叫び始めました。『あれから七年』『壁厚き部屋』もその一例です。釈放が遅れるかも知れないという意味で、あまり快く思わない戦犯もありましたので、全部の人が筆名をつかい、またほとんどの人が、筆者の誰であるか判らぬよう、いろいろ創作し、脚色を加えてその手記を書いたのです。それは当時としてはやむを得ない自己防禦からのことでした。

あれからさらに七年たった今、「私は貝になりたい」がいまさらのように問題視されているのを知り、また『人間の条件』の梶の考えと行動が多くの人々に感銘を与えているのを知りました。この七年間、沈黙の貝になっていた自分に鞭うって、戦争犯罪に問われた一人の日本人の記録をつづり、ここに大方の批判を仰ぐ次第です。

（『婦人公論』一九五九年三月号）

恩師への手紙

とにかく書き始めます。今日は一九七四年一一月二一日です、日米共同声明が発表されました。フォードト大統領が韓国へ行き、ソ連へも行く前夜です。

私は五十七歳、来年の二月二十一日には五十八歳になります。この年になると〝人生は夢のようなもんだわい〟というような悟りに近い心境になります。そして偉い人が若くして死んでいったことが惜しく思われます。馬齢を重ねているという自覚が私には人一倍強いのでしょうか？

糖尿病は体力を弱め、服用する薬は精神力をも犯すという説があります。戦中戦後計十五年のハンデキャップを取り戻そうとしましたし、今でも努力しています。これは勿論、心の中で焦っているという意味です。

私が今したいこと、つまり多分出来ないであろうことを心に浮かぶままに記します、数字には何の意味もありません。

(1)　泉鏡花の作品[注1]（一の巻〜誓ひの巻）を英訳する。Miss Barnes[注2]に英会話を教わる前に鏡花は読んでいました。秀を忘れよに相当する人に、私には喜久子という人がいました。前の教育大学教授の妻で、今でも一年に数回は小学校のクラス会で会っています。

(2)　レーニン全集（日本共産党訳）中の削除箇所を露文の原文から附加する。個人なら出来ます！　組織が翻訳など出来ますか⁉　現在の日本共産党にとって耳の痛いところは勝手に削除しているのです。

(3)　教え子やその父兄がいうのは仕方がないが、他人から面と向かって加藤先生と言われないようにしたい。〝先生と言われる程の馬鹿〟でありたくない。

(4)　アルコホールなしに、夜ねむれるようになりたい。

(5)から後は又書きます、さてここで心機一転すべきです。

私は関東学院中学部卒業後、慶應義塾大学経済学部予科へ入学しました、六年間在学して卒業。論文は「支那塩業論」でしたが、それが本になったときの書名は『中華塩業事情』[注3]です、大学に残らないかといわれましたが、長男の私は父の執筆制限→無収入の事情では三十円ではやってゆけません、理由を言ってお断りしました。この本が〝三田学界雑誌〟上に紹介されました、助教授、教授で紹介されない人々も沢山いたのですから、名誉なことでした。多分これが私のもつ唯一の名誉かもしれません。

北支那開発株式会社[注4]に入社しました。そして半年後には北京勤務になりました。これがひどい会社でした、有名私立大学卒各一名、帝大も各一名、東京帝大だけが残り全部という新入社員の構成でした。東京にいたときは諸手当を加えて百三十円以上にはなったのですが、それでも帝大出より五円安かったのです。東京帝大出の新入社員のお粗末なこと！勤務中は勉強するでもなくウトウトとして過ごし、仕事が終わると急に元気になり、たとえば剣道をやる連中は眼光一変します、その目の美しかったこと‼

テニス、野球も同じでした、私はテニスをしましたが、すでに新しい子会社一つを作ったほどの努力をしていたので、テニスに眼光が変わることもなかったでしょうが、運動後に必ず行った、つい目の先のドイツホテル（独国飯店）のビールの甘《あま》かったことは忘れません。キリン、エビスのような味ではありませんでした、aleだったのかもしれません。

開房子《カイファンツ》（今の字では开房子 kaifangzi です）というものがありました。花柳界でいえば女の顔だけ見て茶を飲み、点心をたべることをそういっていました。私は勿論それ以上には進みませんでした。関東学院の高等学校で展示された写真や統計図表で、花柳病のおそろしさを骨身に染みるまで覚えていただけのことでしたが……。

今、竹村殖利[注5]に電話しました。先日の会が盛会だったことを伝えました、彼は、次回には万難を排して出席したいと言っていました。どうぞ次回まで先生もご自愛あらんことを祈ります。

二十二日です、田中角栄の辞任、党内の政権たらい回しの、それぞれ各セクトの話し合いが持たれているようです。

ロンドンからのロイター通信に、次のジェネレーション中には新氷河時代が来る……とジャパンタイムズにありました。

先生[注6]が野球部長をなさっていた頃、久保井[注7]がいましたが若死したのが残念です。楠本は高商に入ってからはマネジャーでした。テレビでプロ野球などご覧になりますか？　私は野球音痴です。

中学三年の夏休み、多分ヒルファーディング[注8]の『金融資本論』ではなかったでしょう、著者名を度忘れしていますが、『通俗資本論』をわけも分からぬまま通読しました。大学時代にはもう、二・二六の時代で、『資本論』も読めませんでした。亡父はその訳書を隠してしまったので、書架にはその英文しかありません、それもわざと目につく所にあるので、彼の不在のとき数頁読んだ記憶しかありません。

今、テレビでリチャード・ウィドマークの〝ガンファイターの最後〟を見ました、モノクロのテレビです、英米人用のセットではないので日本語のふきかえです。年をとると勧善懲悪風の単純なものが分かりがいい、先生にもそんな傾向がありませんか？

数日前、『かもめのジョナサン』を読みました、航空用語で分からないのが沢山ありました、それでもそのまま通読してしまいました、英々辞典は数十冊もっていますが、英和は研究社、岩波の各二冊とコンサイスしかありません。今更飛行機乗りになるわけもありませんので、分からぬまま読みとばしたのも仕方がないかと思います。

コンピューターのない時代、或る夏の一日、所は北京、そこで私は徴兵検査を受けました。思いもかけない甲種合格、入営したのが世田谷の野砲兵連隊、一週間後には再び北京に送られました、ある意味ではノンビリした時代でした。

北京の一日は和やかに過ぎ、古年兵も親切で、煙草を吸わないのかなどいってくれました。早速吸いましたが、他の初年兵で吸うものは一人もいません。次の日、一人の二年兵が「加藤、お前の以前の職業は何だったのか？」と尋ね、私は事実を答えました。「会社員でありましたっ」「何っ?!　会社員だ?」。次の瞬間、私は滅多打ちにされていました、目から火花が出ました、拳を反射的に払いのけたのが彼の怒りを倍加したのです。空手《カラテ》をすこしやっていた私の反射運動でした。「気を付け」の号令と同時に数人の二年兵に乱打されました、三年兵や四年兵は面白そうに見物しているだけでした。

三ヵ月後に、幹部候補生の試験がありました。甲幹又は乙幹[注9]という言葉はご存知ないかもしれません、前者は将校に、後者は下士官になるのです。私はともに人殺しの先導になる前者にも、後者にもなりたくなかった。中隊長に呼び出され受験を命じられました（私は受けないといっていたのです）が、私の名前と所属部隊名以外は白紙の答案を提出しました。今にして思えば、上層部では合格人数を決めていたのです、それほど幹部が不足していたわけです。白紙答案の私が甲幹になり、軍人としては優秀な同じ班の中学卒は乙幹でした。果敢ない抵抗も終わりをつげ、保定にある軍官学校（正式名称は思い出せませんが、それはバォディング[注10] Baoding つまり保定）に送られました。

私が先生に一番感謝するのは、一年の時に万国発音記号を教えて頂いたことです。バォディングなど書く必要はなかった、[bàudí ŋ] とすれば早かったのです。

〝対象〟を何にしぼって書くか?　が問題だったのに、いつのまにかこれは多田先生へのお手紙になってしまいました。

中林[注11]がボディーガードと称して、先生と一緒にあの会場に現われました。四十年ぶりなのに彼は私を覚えていました。物凄い記憶力でした。私もやっと「中林君だね」とは言えたものの、流石に東海テレビの常務になるだけの素質と努力が彼にはあった。先生は彼をご自分のために使ってやる義務と権利があります。それをなさることが教えられた者として大きな喜びです。尤も私のようなスッカンピンには通用しません、彼くらい経済力のある人々について言えることです。

クリスチャンには二種のタイプがある。

多田さんは……と書いた、これには慶應義塾の伝統が出てしまいました。偉い教授でも、塾では「さん」付けです。たとえば、高橋さん[注12]（誠一郎）、戸川さん[注13]（秋骨）ですませる……というより、これが自然だったのです。わせだにもこのようなこと、ありましたか？

ブレジネフとフォードが今頃話し合っていると思います。そのニュースはまだ聞きも読みもしていません……。

今でも覚えています。先生が米国上陸直後に、はじめて味わったオレンジジュースのうまかったお話です。多分、先生の飲んだのは果汁そのもの、手絞りのだったろうと思います。私のもっているジューサーは確かに美味な果汁を作りますが、その使用後の清掃の面倒なこと、それを考えるだけで、想像上の美味は消えうせます。

北支那の話でした。

私は再度北京到着後、二年後に、宇都宮へと転属になりました。そして予備役陸軍少尉になりました。

宇都宮での最初の三ヵ月の仕事は、十二頭の馬で一門の野砲と一輌の弾薬車を曳っ張る訓練を私が新兵たちに対してすることでした。この頃になると私の相手の新兵は三十五歳ぐらい以上のオッサンばかりでした。理由は分かりませんが、一期《イッキ》の検閲のとき、私が指揮訓練した新兵たちが、ピタリと、理想的な（人殺しに理想的な）場所に砲と弾薬車を止めることが出来たのです。私が人殺しの軍隊で誉められたのは後にも先にも、この時だけでした。


それから程無くして、東京大森にあった東京俘《フ》虜収容所へ送られまして、捕虜取扱いの国際条約（ジュネーヴ協定）を二、三日間詰め込まれました。ジュネーヴ条約に日本は調印してあったのですが、批准してないという代物でした。私は数週間後に、日立の日本鉱業（銅を掘り精錬する会社）に東京俘虜収容所の分所を開設しその長になれという命令を受けました。分校を開きその校長になれという命令とは違いますが、これが私のB級戦犯になる運命であろうとは露知りませんでした。

どのようにしてビタミンを捕虜にとらせるかが最初の難問でした。現在では入手簡単なBやCが当時は一番難かしかった。

彼等は将校四人がオランダ人、それ以外の下士官、兵は全部インドネシヤ人でした。四ヵ月後には病人が三％になりました、日立を見ならえという命令が出ていたことは後になってから知りました。

四人のオランダ人の頭脳の回転の早かったこと、その記憶力の抜群であったことは後で述べる機会もあるかもしれませんが、ダッチトリートとかゴウダッチとかは、オランダ人が暗算上手なのがその原因ではないかと愚考いたします。算盤の暗算が出来る数少ない日本人に次いで、世界で第二の暗算力はオランダ人がもっていると今でも信じています。日立収容所長を八ヵ月やると、いきなり東京に呼び返されました。そこには米、英や多くの国籍の俘虜が約五百人いました。

私の仕事は、その五百人の俘虜に対する実際上の収容所長でした。俘虜労務係将校とよばれました。この五百人の中に、つい最近まで長い間NHKで英語ニュースを放送し、ジャパンタイムズにはエッセイを未だに書いているブッシュもおりました。文藝春秋発行『お可哀そうに』の和訳で日本人に知られている Lewis Bush の'*Clutch of Circumstance*'

がその原文ですが、私は訳文しか読んでいません。

客観的にいえば、その頃から私は酒を飲んでいたのです。ブッシュは次のように書いています。

新米の幹部の一人に大尉（誤訳かブッシュの記憶ちがい……私は中尉でした）がいたが、相当高い教育を受けていながら、精神的なバランスに欠けた人間で、ブラウン（加藤注、私と同年齢の早稲田卒の伍長の渾名）に勝るとも劣らない病的な男だった。本名は言いたくないから、渾名のまま〝ドブネズミ〟としておく。

（中略）

天長節の慰安会が終わって、われわれが寝てしまった後もドブネズミとブラウンは楽団に演奏させていた。その前に椅子を据えて酒を飲みながら、

「もっとやれ、もっとやれ！」

注文された節を知らないというと、ネズミが憤慨して怒鳴りつけた。

右がブッシュの書いたものです。やや誇張がありますが、私が酒を飲んでいたのは事実

です。しかし彼等が知らない曲を私が注文する筈がありません、今でも〝スターダスト〟をリクェストした、と思うと「ナイスセレクション！」と一人の俘虜がさけんだこと、又私が大勢の俘虜が聞きたいだろうと思って、フォスターのオウスザンナ、スワニーリバー、マイオールドケンタッキーホーム、オールドブラックジョウなどをリクェストしたのをあとになって知ったからでしょう。今考えてみると、それらは全部アメリカの曲でした、イギリス人の誇りがブッシュの心中を掻きむしったにちがいない、なに分にもアメリカ人が多く英人は二十名たらずだったのです。

俘虜の作業能率を高めよと私は収容所長の酒葉《サカバ》大佐[注14]から命令されました。当時は、今の平和島にある東京俘虜収容所の捕虜たちは三菱倉庫、汐留駅に出労させられていました。砂糖がなくなったので、三菱の俘虜の人数も減っていました。問題なのは汐留駅の貨物積み下ろしの大多数の俘虜の能率でした。彼等は盗むことのほかには、作業時間中どうにかしてうまくサボルかしか考えません。私がしらべると一日一人平均十二トンの荷の積み下ろしでした。

私の結論はすぐ出ました。一人当たり十五トン平均の作業をせよ、それが終わったらすぐ帰ってよろしい、ただし、それ以上に各人一トン作業すれば煙草一本、二トンやれば三本支給する。つまりこれが私の出した命令でした。

「捕虜は気が違ったように働いています。どうかしたのでしょうか？」

と翌日私は汐留の日本通運の係員に問われて、返事に窮しました、命令の内容を教えるわけにはいきません、いずれ分かる事なのですが……。

私も誤算していました。彼等は必要な煙草の分だけ働くと帰って来たのです。こんなことが一週間ばかり続きました。収容所に帰るのが午後三時なのです。以前は六時帰所で十二トンだったのに……。横浜で私が裁判されたとき、彼（加藤）は an efficiency expert だったという証言の書類があったのにはガックリせざるをえませんでした。それだけ俘虜をいじめたということになるのですから。

俘虜が早く帰るのをきらった酒葉は従前通りにせよと命令しました。職業軍人には珍しくクリスチャンだった彼は後に終身刑を受けましたが、巣鴨プリズンで病死しました。本当の病死です。米軍は都合の悪い人々を薬物やその他で多数殺しました。酒葉は本当の病死でした、May his soul rest in peace!!

前年に六十人以上もの俘虜が死んだ新潟収容所は、日本最大の収容所でした。国際赤十字社が新潟を見せてくれと、東条に申し出ているが、今は見せるわけにはいかない、見せられるように至急改善せよ……。こんな理由で、一番有能であると思われていた私が新潟収容所長に任命されました。

私が新潟に着いてみて驚いたことには、事務を引きついだ相手が少尉で、年は五十歳位の、召集前は小学校の校長だったという馬鹿に近い男でした。私などは二、三日でも俘虜取扱いの教育を受けたのに、この時分にはいきなり収容所長に任命されていたのです。

一番肝腎なもの、俘虜銘々票を渡してくれと私が言うと「メイメイヒョウ⁇」と反問する始末なので、私が命令して捜し出してそれを受け取ると、「ご苦労でした、有難う。お帰りになってもいいです」と言いました、喜びいさんで彼は原隊へ帰って行きました。

収容所の規律は乱れっぱなし、砂糖をくすね憲兵に挙げられて刑務所にいる軍属が数名いたのです。日本人の構成は所長の将校一名、事務の下士官一名、衛生下士官一名、衛生兵一名、通訳兵一名、経理の下士官一名、衛門の所で二十四時間坐っている十五日で交替することになっているお飾りのような兵隊約十六人（その長が下士官一名）だけで、その他は傷痍軍人の軍属だけです。この軍属の補充も出来ていませんでした。役に立ったのは通訳兵一名だけ、彼はキャナディアンボーンでした。恐らく日本で一か二の通訳兵だったでしょう（その名は志賀剛）。通訳といえば俘虜の中に Lance という早大に一年在学したという、得がたい人物がおりました。日本語はベラベラですので、通訳に関する限り新潟は恵まれておりました。

私が新潟に来たのは夏でした。その前の冬に、なぜ六十人もの俘虜が死ななければならなかったのか？　それは食糧不足、重労働、ストーヴがなかったからなのです。規則では、俘虜は日本兵と同じ待遇が与えられます。新潟県内では日本兵にはストーヴが与えられず、したがって燃料の配給がありません。南方から送られ、輸送で体力を消耗した彼等にストーヴがないのです。石炭がないのです、新潟海陸運送株式会社に出労して石炭の積み下ろしをやっている人々（彼等）にも石炭がないのです。

それに、フェローズ少佐という最上位の米人すら、収容所長には自由に会えないのです。私の最初の命令は「フェローズ少佐、又そのつかいの者は自由に所長室へ来ることを許可する」という内容でした。

すぐ少佐は来ました。長時間色々と話し合いました。それで得た私の結論は、私（収容所長）は日本軍のすべての規則命令を無視し、常識と理性によって行動するより方法がないということになりました。憲兵隊の鼻息を窺うようなことでは何も出来ません。私は憲兵隊へ行き、多くの憲兵と附合い始めました。やがて彼等に、俘虜は天皇陛下の赤子《セキシ》であることを吹き込み始めました。

ストーヴを作る方法が私には分かりません。ドラム缶の十個もあり、それを縦に真二つに割り切れば、ストーヴ二十台が作れるとフェローズが教えてくれました。

十個のドラム缶を捜すのには、新潟鉄工所から入手するより仕方がないことが数日後に分かりました。相当の金額（勿論、臨時軍事費ですからいくらでも出せます）を払って、私はそれらを手に入れたのでした。


日立では軍属のために酒を作りました。朝鮮人飯場《ハンバ》を請け負っていた日本人の女に作ってもらいました。米と麦（朝鮮では麦だけと聞きました）とあとは何やらあやしげな或物を入れるだけのことで、十日位たつと可成りアルコホール分の強い密造酒が出来たのです。一般の日本人には踏み込めない一番安全な収容所内ですから安心して作れます。それに無料で飲めるのですから傷痍軍人の軍属が離職するわけがありません。……その他に軍属引き留め策は賭博にかぎります。おいちょかぶとか丁半駒そろいました。揃わない分は私が出してのさいころ賭博で、毎月私は四十円（月給の半額位）を捨てていました。

だが、新潟ではこの程度の法律違反……つまり犯罪では最早通用しますまい。皮肉なことに、どう間違えたのか俘虜八百名以上を加えた分量の酒がドンドン送られて来ます。規則では俘虜に酒はやれないから、私の来るまでの新潟収容所には、段々と気が抜けてゆくビールが山積みとなっていました。

やがてストーヴは出来上がりました。私の最初の規則破りは、俘虜帰労時の所持品及び身体検査の廃止でした。約二百人は日本通運で働いていましたが、石炭一塊ずつなら、六百人でも相当なものです、充分だとは思いました。しかし藁の豊富な地方ですから、莚がたやすく手に入ります、一万枚弱の莚でバラック全体に藁マントをかけてしまいました。これは念のためでしたが、実は不要でした。

昨日、先生から命じられた、〃何かを書け〃は、こんな書き方では何時はてるとも知れません。新年初頭にはお送りしたく、今回は一応これで筆を擱きます。

もし、〃割と面白かったよ〃など、お葉書でも下されば、書き続けたいと思います。

（一九七四年一一月二一日、未発表）

多田貞三[注15]様

注1　泉鏡花（一八七三～一九三九）の二十四歳から二十五歳にかけての初期の作品で、「一之巻」～「六之巻」「誓之巻」の七篇からなる作品のこと。明治二十九年五月から翌三十年にかけ『文藝倶楽部』に掲載

された。鏡花の少年の日の追憶と哲太郎のそれとが重なり、そこに深い思い入れがある。はからずも哲太郎は初恋のひと喜久子の面影を告白した観がある。

2 ミス　ヘレン・V・バーンズ（Miss Helen V. Barnes）　大正十二年来日、横浜英和女学校（現成美学園）で宣教師、英語教師をつとめるが、進学のため帰米。昭和五年、再び来日して関東学院、梅花学園、恵泉女学園などのミッションスクールで教える。哲太郎が英会話を習ったのは再来日後にあたる。成美学園の母でもあったオリーヴ・I・ハジス校長の姪で、戦後成美学園の校長をつとめた。

3 『中華塩業事情』は龍宿山房発行、昭和十六年十一月刊、定価三円。

4 北支那開発株式会社　昭和十三年に設立された日本の国策会社のひとつ。昭和十五年には社員総数二〇万人を擁していた。

5 竹村殖利　タケムラ・ウィリアムと読む。哲太郎とは関東学院中学部の同期生。

6 先生　宛名人の多田貞三先生のこと（略歴は後掲）。

7 久保井房雄と楠本豊四郎のこと。ともに中学の同期生。

8 ヒルファーディング（一八八七〜一九四三）　ドイツ社会民主党の理論指導者、経済学者。主著『金融資本論』（一九一〇）。

9 甲幹、乙幹　甲種幹部候補生と乙種幹部候補生のこと。

10 バオティン　中国河北省中部の都市。旧称、清苑。

11 中林健自のこと　中学の同期生。

12 高橋誠一郎（明治十七年〜昭和五十七年）　昭和期の経済学者。慶應義塾出身。英国留学後、母校の教授。戦後は吉田内閣の文相をつとめ、日本芸術院長などを歴任。

13 戸川秋骨（明治三年〜昭和十四年）　明治大正期の英文学者、随筆家、評論家。明治学院で島崎藤村、馬場孤蝶らと同級。明治四十三年以来、慶應義塾で教授をつとめる。

14 酒葉要（サカバ・カナメ）大佐のこと。東京俘虜収容所（大森）の第二代本所長。

15　多田貞三　明治二十二年、岩手県遠野市に出生。関東学院の前身、東京学院高等部に入学するが、同校閉鎖のため早稲田大学予科に入り、さらに文学部英文科を卒業する。日本バプテスト神学校を経てオーベリン大学神学部卒業。帰国後、深川バプテスト教会伝道師に就任。その後、昭和十八年まで東京学院神学部講師から関東学院中学部教頭をつとめる。哲太郎は、多田先生に昭和七、八年ごろ英語を教わる。戦後は関東学院大学教授、さらに愛知学院大学教授。平成三年七月二十日、百一歳の長命をもって没す。

獄中から家族へ宛てた手紙

（この手紙は加藤哲太郎が、昭和二十三年十二月から昭和二十四年十月までの間に獄中から家族に送ったものである。潜伏先から逮捕され、巣鴨に拘留されて横浜桜木町の第八軍軍事法廷で絞首刑の判決を受けたのち、妹不二子の捨身の助命嘆願運動が功を奏し、マッカーサー元帥による裁判のやり直し命令が出て減刑に至る時期の、獄舎の内側の消息を知ることのできる貴重な資料である。）

（書簡一、十二月七日付で逮捕直後の心境を家族全員に語る）

先刻から紙を前にして色々考えて居る間に時は容赦なく過ぎて行く様です。貴重な時が音もなく流れて行くのですよ。はっと我にかえって現実と四ツに構えました。第二信が着いたのは嬉しかった。皆さん色々有難う、手紙も沢山頂けて哲太郎は感謝して居ります。

四日附ニッポンタイムズ第二面のキーナン検事の写真の下に面白い記事がありました。必ず御見落しなき様。回虫駆除の薬を飲みましたら五匹出ました。現実の恩恵は未だですが、既に大分慣れましたから御心配なく。今日は日曜です、御手紙繰り返し繰り返し読みました。寒い思いをして御書きになる御手紙は本当に尊く思います。玉葱は大きくなったら天婦羅にすべきですね。御そばは何とかしてパパには是非差し上げて下さい、大好物なのです。

稲垣氏夫妻にはどうぞ宜しく御伝え下さい。便箋も封筒もギリ〳〵なのです。二週間家に手紙を書かない事は到底耐えられません、我が儘のしついでに何卒御許し下さいませ。与っちゃん、押入れをありがとう。まざ〳〵散乱した押入れが何年か振りに眼に映ります。ああ懐しき我家ではある。聖書の放蕩息子になり果てた私である。ミミズの詭言はたわごとなりに面白く拝聴、藁をも摑む気持、これもジュゲムの為にのみです。スプリング、西荻窪、スマさん等の御近況有難うございました。雑誌社や薬の会社は何という会社ですか。坪田正男君の応用心理学会への報告書の事が読売に出て居ましたよ。

紙面がなくならぬ前に用件（？）をすこし、㈠皆様の写真御送り下さい。㈡英和辞典の送附がもし不許可だったらその旨御知らせ下さい。㈢小川の荷物はどう処置しましたか、余り人まかせではかえって悪いんじゃないか、雨が洩るから総てだいなしになって了うかも知れないんじゃないか。この事について御返事下さい。㈣うっかりして聞きもらしたが、省吾さん、早田、その他の方の消息は如何？　御知らせ下さい。

パパへ、立派な御手紙下すって安心しました。余り無理なさらずにして下さい。この寒さで原稿を書かれては御身体にさわりませんか。福子はパパの眼で御覧になって朗らかになって居ましょうか、御ついでがあれば御知らせ下さい。可愛がってやって下さい。ジュゲムと一緒にね。それから僕の作ったソバを是非たべて下さい。

ママはそろそろ身体に気をつけて下さい。ずっと気を張って居られたから、うっかりするといけません、健康診断的な事はやって居ると思いますが、どうか御気を付けになって。

不二子さん、御手紙有りがと、御活躍ですね、葉書でいいんですから時々下さい。与志郎さんはどんな心境で居るのかな、その一端を御洩し下さい。薬の会社ではどんな事をして居るのですか、化学は判らないのに僕はとても薬に興味があるんです。照夫ちゃんは雑誌の話をして下さい、君のはカストリの本ですか？　五、六年したら自立する事ですね、雑誌社自体はそう勉強にならないと想像しますが。

美地ちゃん、コーヒーの入れ工合は自信ありますか、コーヒーは大島さんという人から買えますよ。ホットドッグ等あります？　何時かは御馳走になれるかも知れませんから、たのしみにして置きましょう。

妻よ今日は月曜日です、午前午后新しい弁護人達に会い、君の伝言を聞きました。動き廻るのは大変だったろうと思う、起訴状を受け取った、開始は二十日頃の予定らしい、四、五日で終るらしい、覚悟はいいかい、君の理性と強固な意志をもってすれば　禱《ジュゲム》　は必ず完全に生れるよ。自分自身を信じなさい、それから僕達の逞しい愛を唯一のものと信じなさい。僕も最后の希望は捨てないよ。人間である限り希望あり。While there is life, there is hope. この言葉は前記の様にも解釈出来るのだ。人間に生れた事を感謝して居る。今夜も又会って御話致しましょう。ケチンボより。

十二月七日　哲太郎

皆々様へ

注〔稲垣氏夫妻〕父一夫の親戚。〔与っちゃん〕弟の与志郎。〔散乱した押入れ〕妻福子が臨月で加藤家に来たので弟与志郎が部屋を片づけて福子の居室に提供した。〔ジュゲム〕やがて生まれる娘の祈子《のりこ》のこと。〔坪田正男〕明星学園の友人で坪田譲治の息子。〔小川の荷物〕福子と共に住んでいた小平町小川の家財。〔省吾〕父の実家の長男、加藤省吾。〔早田《そうた》〕母小雪の姉の婚家。〔福子〕妻。旧姓は戸塚。〔照夫《あきお》〕哲太郎の弟、三男。〔美地ちゃん〕妹の美地子。当時の加藤家は川崎の新丸子駅前で喫茶店ミチルを経営していた。〔起訴状〕横浜の米軍第八軍軍事法廷裁判の起訴状のこと。〔禱〕まだ生まれない祈子のこと。

（書簡二、日付不明だが両親に宛てて軍事裁判を控えた緊張感を伝える）

ママは其の後御店の方で御忙しい事と思います、稲垣の方は裁判でも終れば手紙書きます、一週間に一通なので、宛名は淡路町何番地でしたかしら。

私が一番心配して居るのは福子の御産の事ですが、何分宜しく願います、胎児が大き過ぎるというのが非常に気になって来ました、大丈夫でしょうね。もし万一の事があれば僕は唯一の希望を失って了います。本当に子供を持って見なければ父母の愛が判りませんね、真理は常に平凡な処にあるのでした、こんなに心配をかけ、甘やかされ、教育された哲太郎が本当に何の御慰めも出来ないどころか、逆に相変らずの御苦労をかけて了って、本当に申し訳ありません。

実際親の愛という事は物凄い迄の本能だと思います、ママが言われた様に哲太郎は戦死したとでも思わなければ到底我慢は出来なかったでしょうと思います。パパママの希望だった哲坊が、こんな処に這入って了うなんて、そして自分の希望を赤ん坊にかけて居るなんて、ままならぬは浮世です、それから夫婦の愛というものが如何に大きいものか全く驚異の外ありません、全然の他人が偶然によって結ばれただけなのに、何という事でしょう。与っちゃんは大体きまったのでしょうね、善は急げだと思います。不二子さんや美地子も近い内に片づけるわけですね、親の仕事というものは一瞬の休みもなく次から次へと続く変化の廻りドウロウだと思います、結構、楽しみもあるのでないかと思います。人生は変化です。三日に一度位新丸子の夢を見ます、それから皆と泳いだ多摩川の土手附近の夢をよく見ます。

今日は月曜日です、あと一週間で裁判です、きっと此の手紙が着く頃はもう始まって居りましょう。此処の日課は朝は五時に起きて、雑巾で全部のふき掃除をします、顔を洗います、食事をします、新聞をよみます、昼食、本を読み、晩食、就寝です。古い連中は麻雀、碁、将棋が出来ます、入浴は週二回、週に三四回の運動があります。僕も入浴、運動があります、雑本があります、低級な本ばかりです。新聞によれば本年の年末は割合に順調の様ですね、一年々々と生活は改善されつつあるのですね、いい傾向だと思います、美地子が野球、照夫がダンスとは大分時代が変りました、ママは何ですか、芝居等の方が映画や音楽よりもというふうに変られて居る事と想像します。さてそれから、パパの事ですが口が御不自由なだけなのですね、僕はもっと悪いのかと心配して居ました、勿論口が不自由という事は精神的に非常な苦痛には違いませんが。照夫ちゃんから未だ手紙を貰って居ません、どんな気持で居るのだろうと思います。

書く事は限りなくある様で、案外ないものです、裁判が終らなければ矢っ張り落着いて書けません、人間は環境の動物です。どうぞ御自愛のほどを御祈り致します。皆様によろしく御伝え下さい。愛を送ります。

哲太郎

一夫様　小雪様

注〔新丸子〕川崎市中原区新丸子の実家のこと。

（書簡三、十二月二十三日に宣告された絞首刑判決後の第一信。日付は不二子のメモ）

皆様の並々ならぬ御努力、衷心より感謝致します。哲太郎は最後迄幸福でした。同室者の言に依れば検閲の関係で発信はしても規則的に着かぬ場合があるそうですから今後其の点御心配なき様、但し受信は従前通り自由ですから是非御願いします。福子さん、自分の思った事自由に書いて下さい。日記体云々の制限を解除します。面会人名簿に、福子、小雪、与志郎、不二子、岡崎の五名を申込みました、五人が限度です。これに記名ない人は会われないのです。

パパは御手紙下さい、照夫ちゃんも美地ちゃんもね。福子さん御免なさい、許して下さい、君はどんな気持で判決を聴いたでしょう、しかし耐えて呉れた事と信じて居る。僕の事は心配するな、最後迄頑張るのみだ。君は自分の理性をのみ信じなさい、僕も理性のみを信じて居る。清々しい気持だ、君も早くそうなれる様祈る。「写真」を送って下さい。必ず忘れぬ様、許可されて居ます。後藤さんに会えば内部の事情等解るでしょう。福子さん仮にも僕の後を追う様な事をしたら僕は怨みますよ、子供を生んで育てる事、それが僕を愛して呉れる事ですよ。それから判決があなった事の原因については僕は最善を尽した事、君を愛する所以をよく述べて最善を尽した結果である事を信じて下さい。毎晩君の夢を見て居ます、生々しい夢ではある、生ある限り君を愛しつつ。強くなれ頑張れ。

（十二月二十八日）

親不孝のケチンボの哲太郎より

福子様

皆　様

注〔岡崎〕明星学園の同級生で新潟の航空隊所属だった岡崎健児。本文三、一一二、一四九頁参照。

（書簡四、昭和二十四年一月四日付の家族全員に宛てた既決第二信）

今日は一月三日です、明日は嬉しい手紙の発信日ですから今書き始めました、此の手紙が着く頃は愛する赤ん坊がもう生れて居ると思うと嬉しくてたまりません。元旦には完全な男の子が生れた夢を見ました。だから、或いは最初の予定通りだったかも知れないと思って居ます。

福子さん、御苦労様でしたよく苦痛に耐えて呉れましたね、皆様、大変御世話になりました、哲太郎は心から有難うをいわせて頂きます。幼き児に幸あれ！　福子さん、早く栄養を採って恢復して下さい、何の心配もしてはいけませんね。自分の理性と自分の力を信じなさい、僕は元気です、安心して下さい。只僕は矢鱈に御便りを待って居ます。二十三日（判決）以降に書かれた御手紙は未だ一通も届いて居ません。手紙の来ないのは淋しい事です。手紙だけが生き甲斐です、といって当方が書けるのは一週に一回に限られて居るのですから、ただに皆様の御同情にすがるより仕方が無い訳です。最近は本も面白いのがありませんので（仏教、宗教書が殆ど）、家族の皆様の事のみ考えてくらして居ます。皆様の御落胆の程を案じて哲太郎は断腸の思いで居ります、この上は皆様が一日も早く悪夢を忘れて、福子さんとジュゲムとを可愛がって下さる事のみ祈って居ります。然し、僕は幸福だったと密かに満足して居ります、肉親の愛、夫婦の愛は死刑囚ならでは本当に判らなかったでしょう。夢ばかり見ます、皆様の夢ばかり見るのです、一日の中十五時間はウツラ〳〵として居ます。

僕はとうとう一生を夢の中に過ごす人間とは成り果てた様です。福子さん、済まないね、君はきびしい現実に直面して居るのに僕がこの有様では、何とかしなければと思うが、他の仲間の様に阿片を飲む気にはなれません。僕は人間の愛情をのみ信じ、理想をのみ信じ度い気持です。死ぬ迄の時間を悉く挙げて私達の愛の追憶に捧げたい気持で一杯です。短くはあったが、その幸福は他の人の十倍も百倍もであったのですから。ジュゲムの事は、彼と君とが幸福になれる様に考えて行動して下さい。以下述べるのは今のところ私が何を考えて居るかという単なる参考として下さい。⑴僕の死後、僕を愛し続け得る限り、ジュゲムを愛し教育して下さい。学校は明星学園へやって下さい。死刑戦犯の子もノビノビ育つ学校は他に考えられません。⑵修道院に這入る事等毛頭考えず、人間界（シャバ）で人間らしく朗らかに生き抜いて下さい。⑶僕の父母の悲しみがどんなにか大きいかを察して下さい。⑷僕の助言が欲しい時は岡崎健児、出口喜久子両氏とよく御相談下さい。⑸そして最后は自分の理性の命ずる処に決定して下さい。⑹一つ抜けました、小川の地所は確保して置く事、之は僕が口ぐせに言って居た理由からです、二、三年後には屹度、遅くとも十年という事はありません、この予想がもし外れたら僕を嘲笑してもよろしい。

出口喜久子氏は巣鴨に這入ってから手紙をくれた唯一人の他人です、平凡な三児の母となって居る様ですが、僕の事を十年昔と同様心配して呉れる親友です、今此処で詳しく述べる訳にもいかないが、冗談で君に話した事から誤解のない様に、きっと有益な君の友人になってくれるだろうと思います。住所は北多摩郡三鷹町牟礼一九三八茶郷方です、僕からは返事が上げられないから、君から感謝して居たと御伝え下さい。

今の僕の気持、段々幼児の様になって来て居ます。休むとき君は「お休みなさい」と言い、朝は「モウ起きチャ如何」と郭公の様に鳴きましたね。ネズミを恐れる事空襲の如く、僕は「叱ッ、叱ッ」と何度も追っ払って上げましたっけ。ランプの下で勉強した事もあるし、睡い眼をこすり乍ら、濃い御茶を飲んだ事もある、何から何まで美しい懐かしい回想追憶です、全く素晴らしい詩であったと思います。判決の日、ジープが故障したので白いＭＰのjeepに乗り換えて渋谷から二子玉川、高津、中原を通り川崎へ出ました、あの思い出多い巨大な一本松は少しも変らず厳然とそびえて居ましたよ。偉大なるかな一本の生命、あと何百年生きる積りであろうか、此処まで書いて来て、又御産の事が心配になって来ました、これこそ無駄ですね。少くとも貴重な紙片を潰して行くのは、さあ只御祈りするのみだ、これは僕の理性が命ずるのだから、他に文句をいう奴もあるまい。君は来月は面会に来られるね、それ迄僕が生きて居ればいいと思う、どんなに悲しく思うにせよ、僕は君にもう一度逢い度いと思う、全く「逢い度しと壁……」だね。逢い度い、逢い度い。吉田松陰だったか「親想ふ……今日の音擦れ何と聞くらむ」、この断腸の思い古今東西全く同じだと思う。ロシヤの小説によくシベリヤ流刑に男が行くと女がその後を追って行くのがあったね。罪と罰や、カチューシャかしら、兎に角ロシア人らしい制度だったと思う。判決があってから途端に丸坊主にされました。顔剃りは月曜日に一回です、人相が変って居ても驚かない様に願います。鎌で切った右の親指の傷跡はどうやら全部癒って了いました。時間の力は恐しいもの、総て時が解決して呉れる事を祈って居ります、潤子さん頑張れ、悲しみは薄らぐよ、懐かしい思い出だけが何時迄も君を慰めてくれるだろう。愛するという事は本当に人間らしい事だ。私は最後の一瞬迄人間らしくありたいと思う。社会科学と哲学の本が読み度い。午前午后三十分ばかり、ひとしきり、読経と讃美歌の歌声が狂気の様に Block 内に響き渡ります。僕はその間、僕は人間らしく、人間の恨みを悩む事にして居ます、時には例の料理方のカキフライの事を考えたりして居ます、時にサントリーが無性に飲みたくなる事もあります。

写真を早く送って下さい、それがどんな幸福をもたらすか家の人には想像も出来ますまい、写真のないのは数十名の中僕一人ではあるまいか。

不二子さん、君には大変御苦労をかけて了いました、本当に有難う、君の様な妹をもって僕は幸福でした、昔はケンカばっかりだったけれど、多摩川で泳いだ時分の印象が馬鹿に強い、それから日立に来た頃急に成人して居たのには驚いたっけ。御忙しいでしょう正月のおとそはどんな味がしましたか、ゆっくり休みなさい、君は既に人事を尽くしたのだよ。

与志郎さん、御正月も瞬く間に過ぎて会社の仕事は忙しいでしょう、重要な時期に色々手間を掛けさせて大変だった、いやこれから益々君に御世話になるんだ、福子宜しく頼みます、我が儘な愚兄でした、よく喧嘩したものだったが、最早それも出来ないのだ、僕の短所は君が一番よく知って居る、ジュゲムの教育の事もその点から御配慮下されば僕も安心出来ます、戦犯となる程の純情云々という言葉が巣鴨でよく使用されますが、甚だ少なくとも純情とか生一本とかは偉大な国民性の要素とは云えません。今はこの様に考えて居ます、要するに人間として幼稚なのだと思います、判決は君の結婚の大障害になった、君ばかりどころか皆んなにも、不二子さんにも。今は到って覚り切った様になって居ますから何の心配もありません、食事も未決よりは可成り多いです。

パパ、ママ、哲太郎は御両親に向って何も申し上げる事はありません、親子である関係がジュゲムを得てやっとの事で判った不孝者でした、何も申し上げる事はありません、福子とジュゲムの事のみが気掛りです、他の事は何も考えて居りません、今自分の境遇を忘れる事がしばしばです、夢ばかり見て居ます、昨夜は小杉の家の池に美しい魚が沢山居ました、何かその事について僕は御二人と話して居ました、池を小さくしたがよいとか悪いとかの事でした、気持はすっかり幼くなって居るのです、益々ボッチャンの様になって居ます。最早これは何の失敗にはなるまいと思い強いてどうしようという気持もありません。聖書の放蕩息子です、どうか不孝を御許し下さい、写真を送って下さい、毎日御話したいと思います、トルストイを読み度いと思って居ります。人生は思うにまかせぬもの、ジュゲムが僕の成す可かりし事をやってくれると信じて居ります。それが何であったかは御父さんの壮年期の運動の様なものに近いかと思って居ります。何れにしてもジュゲムはジュゲムの途を行くのですが。照夫さん、美地子さん、随分がっかりしたでしょう。早く悲しみに打ち克つ様に努力なさい、人生には辛い事、悲しい事が沢山あるものです、明るい心で自分の仕事に専念すればやがて希望の大道は拓けて来るものです、君達は若い、今の内に自分の途をまっしぐらに進みなさい、屹度良い事が君達を待って居るに違いない、福子姉さんを元気付けて下さい、赤ちゃんを可愛がってね、僕はそれをどんなに喜んで居る事でしょう。

我が妻よ、今では一児の御母さんよ、書き出せば限りがない。そしてそれは不可能だ、無限の思いをこめてこの手紙を終る事にする。愛を送る、キスを送る。健康を祈ります。ジュゲムにも小さいキスを送る。

近頃、耳垢が溜って来た様だ、マッチ棒で上っツラをかき廻してゴマかして居る。では来週迄左様なら。

一月四日　朝六時

哲太郎より

皆々様

注〔出口喜久子〕旧姓茶郷《きごう》。明星学園小学校からの同級生で哲太郎の恋人でもあった。〔判決の日〕前年十二月二十三日、巣鴨から桜木町までジープで往復。〔潤子〕妻福子の呼び名、潜伏時代の名残り。

（書簡五、一月十八日付で妻の福子へ新生児の誕生を喜ぶ）

福子さん、新年の君の第一信を十五日に受け取りました。御父さんのお葉書も一緒でした。其の他は未だ何も参りません。大分受信に時間が掛ります。今度の面会日が決まったら電報で御知らせくだされば有難いと思います。もうそろそろ君の手紙が来るかと心待ちにして居た矢先だった、三日の日つまり祈子《のり》を生んで十日めにあれだけの手紙を書いて呉れて有難かったよ。どんな気持であの手紙を書いただろうと想像すると思わず目の前がボッとしてくるのです。祈ちゃんは勿論完全だった、何よりも嬉しい。そして奇麗な可愛い児だ、大体アンナコンナだろうかと想像して居る。両親に良く似て美人の相があるに違いない。神経質にも幾分なって居るかも知れないが、何時間も睡っているのは良い傾向ですね、寝る児は育つのだから。

栄養に気をつけて何でも食べると御乳も良いのがでるんだろうと思う。好きな果物はどうですか、僕の家は果物は余り食べない方だから、或いは困って居るかと思います。お金はありますか、果物代は？　御小遣のあげられない君の夫です、一銭もありません。でも結構未だ生きて居ます。祈ちゃんは何も知らないでネンネして居ります、君ばかりが苦労して居ます。私は小説本など読んで一日を送って居ります。例えば今週読んだ本は、里見弴『十年』、佐藤輝夫『ヴイヨン詩』、スマイルス『ワット正伝』、出雲耕児『山霊』、三上於兎吉『日輪』、ユーゴー『九十三年』という塩梅。どんな本であろうと何等かのために為るだろうという気持で読んで居ります、しかし、自分の読みたい本が読める人は本当に幸福な人であるとつらつら思っている次第です。

福子さん、君は屹度憤慨するだろう僕としたものが小説本を読んで居る事に対して。然し何もしないというのは全く遣り切れない事なんだ、碁や将棋は嫌いだもの、他に何を遣る事があるかしら。人により日記を感想を綴って居る人や、経文を写して居る人や、色々ありますが、矢張り僕は人間らしくやっていきたいと思い気のむく儘に自由を楽しんで居ります、人はたといそれを不自由と呼ぼうとも。実は煙草が切れてから六時間後にこの手紙を書き始めました、福子さん安心して下さい、決して何時ぞやの様に当り散らされたりする事はありませんよ。毎日新聞のてんやわんやの小説を読んで居るし、ぺ子ちゃんが犬屋に行った漫画は傑作だったし、其の他牛窪愛之進という人が英語の学校を始める新聞広告を見たり、こんな事書くと福子さん君はオコルダローな。だけど私がいま生きて居る社会ではそれが生活の一部になって居るんだから仕方がない、人間は環境の動物なんだもの。環境は偉大な力である、と身に染みて体験しました。福子さんも判るでしょう、僕が何を言いたいと思って居るか、祈ちゃんに人間的に為し得る限り美しい環境を与えてやって下さいね。そして勿論、環境を打ち負かすだけの精神の力を信じないのではないのだけれども……、という事も忘れないで下さいね。

目が廻ってきました、グルグルと頭の真ん中を中心として歯車が廻っているような気持です。誓子の『妻』という句集にはどんなことが書いてあるかしら、『細雪』は三冊で何千円にもなるんだなと馬鹿な事ばっかり考えている内に、少なくともCigaretteは二十四時間欠配という事が判明致しました。それで考えは必然的に食物に飛ぶ事になります。福子さん、祈ちゃん以来お寿司食べましたか、もし未だなら簡単に新聞紙で海苔巻き作って食べたらよかろうに僕はトロでなければ、握りたてのうまいのがいい、飯と魚と違った温度が舌に感じる奴なら御相手致しましょう。どうもナマケモノ、オヨシになって来た、大袈サに言えば暗くて目が見えぬ様です、少し此処で休んで見ましょう。

今日は翌日の（一月十八日）の早朝です、あと二十分ばかりで手紙を集めに来る筈です、食事前の一刻です、例によって読経が響いて居ります、その他はシンと静まり返ったSugamoの朝であります、こうして鉛筆をとると又シミジミとした気持で満たされて行きます、皆様は未だグッスリ御休みの頃ですと思います、或いは祈ちゃんだけがオッパイが欲しくてムズかって居るかも知れない、祈ちゃんと口の中で呼んで見る、何となく乳臭い赤児の香りが漂って来るような気がする、それからグッショリ湿ったオシメの感触も思い出される。オシメの洗濯は今年の冬は覚悟して居たところだったが……私は一人無責任な処からフレーフレーと空声を挙げて応援して居るんだ、だがそれがせめてもの私の日々の日課です。

最近はお手紙が大変時間がかかりますから、何でも良い新丸子の一日々々を御知らせ下さい。生きている間にこそ楽しみはある。選挙はもう終わって居るでしょうね、君はまだ選挙権が無かっただろうと思います、社会党は果たして一〇〇名確保したかしら。私の限られた周囲の人々は民自党というよりは吉田茂氏に何等かの希望を繋いで居る傾向があります、面白い現象だと思います。

近頃皆様、御風邪等御召しになりませんでしょうか、一寸心配です、パパ、ママお元気ですか、与志郎君は大体縁談まとまりましたでしょうか。

今年は妙に暖かいようです、雪も降らないし麦は徒長ですね、大不作ですねきっと。何時になったら食糧の事を心配しない日が来るのでしょう。今年だって、餅は二、三日分しか無かっただろうと思います、私達は二切れたべました。雛鳥のスープの雑煮は家の食物の中でも忘れられない一つだが今年は如何でした、最近は福子さんの感化で汁粉も好きになりましたが。

未だ外は真の暗闇です。でもあれから二十分は経ってしまいました、未だ手紙を集めに来ません。どうやら先に食事がある模様です。静けさは続いて居ります。山手線の電車のポーッという音さえ聞こえました。ア、ガチャンと音がしました。食事が到着したのです、これから分配されます、G. I. が運んで呉れます。室の小窓まで、食器は又外へ出して置けばG. I. が運び去ります。食事を運搬する既決の人との接触を防ぐ意味だと思います。パンとコーヒー、タマゴにジャム、プディングと書くと大した朝食が今終りました。やっと外は白みがかって居ります、外と言っても、二、三本の木とコンクリートの壁しか見えませんが、それでも夜はあけて朝らしくなって来ました。会社にゆく人々が起きる時間ですね、会社員とはなんと小市民的な楽しき人達ではある事よ、妻子を養う為に十年一日の如く電車に乗って往復する階級、なんと懐かしく身近に感じられたる彼らの息吹よ。福子さん信ちゃん、では又御たよりは一週間後に致します。皆さん、お早うございます、今までそっとWifeにコソコソ話をして居ましたが、時間が無くなりますから止めます。ニコチンが切れて居りますので何も出来ません、男にだけしか判らぬこの味も一寸乙なものです。家に居れば火鉢をやたらに掻き廻してプリプリして居る時分です。では又。
御手紙下さい。

一月十八日

哲太郎

福子様
皆々様

注〔牛窪愛之進〕父一夫の友人。〔オヨシ〕ペンネーム戸塚良夫のことで、怠け者の意。その由来は「事情説明書」二四七頁参照。

（書簡六、妻福子母子と家族へ宛てた心境の告白）

一月十四日附の御手紙拝見しました。その前もそうだったが、鉛筆で書いたのでは何となく淋しく思いました、御身体も此の手紙が着く頃は殆ど恢復して居る事と思います。そして或いはその前に君は面会に来て呉れるかも知れません、嬉しく心待ちにして居ます。祈子ちゃんが日増しに可愛らしくなる様、目に見える様な気がして居ます。柳橋の兄さん、御母さん、それから皆様に僕の気持を代弁して御詫びや御礼を御伝え下さい、僕は何とも申し上げる立場でないのですから単なる人格と自由を奪われた囚人に過ぎない。従って人間並みな御挨拶が出来ないのが残念です。それから鉛筆で消してはあったが君の気持は本当に嬉しいよ、もし祈ちゃんがなかったら、感情ばかりのその行為も許されるかも知れない、然し、祈ちゃんの為にね、理性が打ち克つだろうと信じて疑わないです。僕や友人が強くなれ頑張れと言った処で、それだけでは何もならない、正に君の主張する通りです、君は真逆、そんなものに頼って居た訳ではあるまいに。ギリ〳〵の処は人間は自分で自分を救うより仕方が無いんだ、ギリ〳〵の処はね。たとい夫妻が一緒に居たとしても、例えば病気や其の他の場合、結局御互いに救えない事もあるんじゃないか。僕が強くなれと言うのは、君自身及びそれを可能ならしめる環境でも生き抜く新しい希望を与えられかしと希求して居るに過ぎないのだ。その為に宗教の如きものが不可欠と考えるならば、その様なものに頼るも已むを得まい、又もっと現実的なもの物質や人間に頼るのも結構です。人間は生きる為には何を手段としてもそれは許されて居ます、生は手段であると同時に目的です、つまり人生は絶対なのです。で僕は何かそういったものが君に与えられるだろうと思います、君に必要なものは与えられるでしょう、それを求めるならばですが。

兄さんや御母さんに相談は勿論しなければなるまいが、その助言は矢張り世間並みの常識論に落ちるんじゃないか、尤も川崎でも帰する処は常識論に違いない、勿論かかる先入観は始めは捨てて掛らなければならないが。僕と二人なら問題はないが、それかと言って僕は意見を主張してユウレイ（Ghost）の様なものが生きた人間を縛る事は罪悪と思う故に参考としては言うがそれにとらわれないで貰い度い。それは面会の時に話し度いと思う。岡崎、出口両氏は君の良き友となるだろうと思う、出口さんは次の手紙で是非君と友達になり祈子を可愛がらして欲しいと言って来て居る、僕もそれを望んで居る。

さて、それはそれとして、僕は幸福です。思い出の中に生きて居るのです、如何なる力も僕から奪う事は出来ません、箱根の御月様もそうだが、上野公園に散歩したあの時代の君の頑張り方は貰い迄に僕をなつかしがらせるのです、あの差し入れの数々、愛情は人間の最も単純な表現の感情ですね、愛に理屈は無いんだ、祈ちゃんが出来て気がまぎれるどころか却って悲しくなる気持はよく判る。しかし時が経つにつれて悲しみは限りない楽しみに変って行くものだ、これは確実ですよ。大きな気持になりましょう、君は新しい生活に進む、僕は生きて居る限り君を愛し続け、思い出に生きて行く、一日一日を人間らしく生きて行く、単純に化して行く偉大なる純化である。繰り返して言うが僕自身は今幸福です、短い人生に悔いは無かった、精一杯に振舞って来たのだもの、仕方が無いのだ結果が思惑と外れたとしても、そして結果を尊いものとして居た私ではあったが、出来ない事は出来ないのだ。私自身は幸福です、君達の事ばかりが気掛りです、その事ばかり考えて居ます、しかし君達は生きて居る、生命の力は偉大だから、本当は案ずる必要は無いのかもしれぬ、祈ちゃんだって完全に生れたんだもの。福子さん愛して居る、愛して居るよ！　筆が続かなくなりました。感情が極まると口もきけないし筆も動かないものだなあ。御自愛下さい。

哲太郎

福子様

×妻へ　　×祈ちゃんへ

不孝者から又御便り致します、福子が大変感謝して居ます。僕から今更言う迄もないと思いますが改めて、有難うを言います。柳橋の兄、鶴見の方へは皆さんから私の気持を代弁して御伝え置き下さい、その時どんな話が出た事やら知りませんが、僕の事は恨んで居るでしょう、已むを得ません。

先日頂いた、写真は誰がとったのか知りませんが、殆ど誰が誰やら区別がつかない、又それで居て判る様な気がする不思議な写真でした、不思議な写真有難うございました。今度前列右よりという塩梅に御知らせ下さい。さて、可成り皆様から御手紙等頂きましたが可成り長い間消息がなかったので、川崎の家の模様がピッタリ来ません、大体昔と同じなのでしょうが、ママはもう一度御手紙頂けませんでしょうか、近頃でも時々眼が痛い事あるんでしょうか、福子も若いのに時々眼が痛かった様でした、殆ど十年もしみぐ〵御話した事が無かったんですね、ママは矢張り新聞小説等御愛読ですか、十年前はよく映画に行きましたね、あの時分も生活は楽ではなかった、だけど丸い茶のガマ口にはギザぐ〵がありました、多い事少ない事もよくあったが、誰か兄弟が御供になったかダシになった筈でした。

ママが見て祈子は健康でしょうか、率直な御意見聞かせて下さい、僕の今度の事が祈子にどれだけ響いて居ましょうか。もし出来るなら与志郎と福子がむすばれる可能性ないでしょうか、これがあれば一番うまく行くでしょうに、と思います。とても見込は無さそうだが、人間は中々判るものではないのですから希望も持てます。パパはどう御考えですか。照夫の手紙ではパパはすっかり完成なすって了ったそうですから、如何に御考えでしょうか僕には甚だ興味があります。

不二子の結婚問題もあるし、浮世は色々事件がありますね、誰かの言でしたが、加藤家は何時行っても事件があるという話、懐かしいです。最近の食糧事情はどうでしょうか、福子は僕に匹敵する位ですから宜敷く御願いします。パパと与っちゃんは酒はやって居ますか、僕より与っちゃんはずっと上手でした、今では相当いくのでしょう、酒は良きものですなあ。

僕の感じでは照夫は文学で立てるかも知れません、語学をミッチリやっておくのが第一条件で且つ先輩との交際をそろ〳〵始める、そして矢張り出版事情等を体得すれば、結局努力だな、照夫ちゃんに御願いしますが古本屋を廻る度に気を付けてパパの旧著を集めて置くとよいと思います。稲垣さんと係争中の問題はどうなりましたろうか、矢っ張り僕の方から手紙を出すには勿体なくって、そのままにして居ますが、裁判になると面倒ですね、矢っ張り新式な裁判方式でやると大変ですね。美地子さんの御掃除中の写真はあっぱれ〳〵、身体に御気を付けなさい、今が大事な時だと思います。

人生は事件の連続です、その移り変りを楽しめる様になればシメたものだと思います。不二子さんも今にそんな境地になると思います。その前に好きな人が出来たら結婚する事、と言っても日本では確かに交際の機会がめぐまれて居ません、異性を見る目が発達すればオイソレとはありませんね、或いは既に見付けて居るのかも知れないから、寝言はやめましょう、君の青春に幸あれと祈るなりです。

さて皆さん、祈ちゃんは可愛いですか、あんまり抱いたりしてはいけません。癖になるし、この御父さんが未だ見ても居ないんですから、もっとも御父さんてものは赤ん坊に対してそう発言権のあるべきものじゃないんだから、だけど赤ん坊はつまりヤカマシイでしょうね、未だ小さいからそうでもないと思いますが、美地子なんかずいぶんウルサかったと記憶して居ます。段々余白が少なくなって来ました、何か言い度い様でさて特記するものもない。この気持は分析すれば何時も書く様に、皆様御元気で、それぞれ御発展を祈る、妻と祈子を宜しくという事になって了うんです、そしてどうも勝手な事ばかりで済みません、我が儘な哲坊よりという気持ですね。先生、友人、親友の皆様へ、宜敷く御伝え下さい。

パパ、ママ、福子、祈子を可愛がって下さい。来週もきっと書けるでしょうと思います。

皆々様へ　　　　　　　　　　　　　　　　　　　哲太郎

注〔柳橋の兄〕妻福子の実家のこと。〔×〕キスマークの意。

（書簡七、二月一日付で米軍三六一病院指定の同愛病院から）

最愛の福子様、と私は昨日着いたばかりの二枚の写真を前にして、夕食後貴重な金鵄に火を点けて兎に角鉛筆を取り上げました。ところが今丁度ヴィジット（Visit）が始まったので同室の出口さん（部屋が変って今この人と居ます）の処に二人のお客さんが来て大声で世間話をしはじめました。つまり三人の異常心理者の対話がガンガンと耳に入って来るのです。相当精神集中に自信のある私も、いささか書けるか否か心配です。特に二人っきりの極秘のお話にはどうもこの環境は恵まれているとは言えないのです。不二子さんの葉書にもあったが、照井先生の話は到底不可能です。これは面会の時に説明しようと思いますが、マス子さんと呼びます、マス子さんしみじみと祈ちゃんの写真を見て僕によく似た可愛い御嬢ちゃんだと思いました。口が少し曲っているのですか？　然し平家ガニでは断じてない、君も大変謙遜家だなあ、眉や額は君によく似ていると思いました、大いに安心したし君に感謝の念を益々強くしました。有馬君が何かとからかうそうだが、尤もだと思いました。今此処で邪魔が入りました、君は女子大出の学校の先生だというお客さんの批評です。「そうなんです、修道院に行き度いというので困っているんですよ」と私は答えました。之については今日明日中に会えると思うと此処に述べる必要はないと思います。然らば、何を書くか、先週と同じ事になって了います。この一週間の私の生活についてを書く可きか、然し何の自由もない限られた囚人の生活は之は要するに無です。小説に書かれて居る様な文学的表現は感激性の鈍感になって居る死刑囚の心理を表しているとはいえません。

仏教、基督教とか何かにすがろうとして狂気の様にあがき廻り、信仰を得て他人に説教して居る人が今日は自暴自棄になり、クラクラする者、碁、麻雀以外の事は何も考えない者、食事も碌に食べない人色々あります。御蔭様で私は余分の食事にありついて居りますから大変助かって居ります。という訳でガンガン耳に付く死生観仏教観のくだらない言葉の遊戯がどうも文章をまとめて呉れません。大変申し訳ありませんね。生き生きとして産後の疲れも見せぬ君の写真を前にして居るのに、マス子さん済みません。来週は早くから人気の無い時に手紙を書いて置きますから、本当に、でもよい写真です。Retouching は相当に上手な写真屋さんと見えますね。

今、メーテルリンクの『蜜蜂の話』を読んでいます。一寸面白かった。『シラノ・ド・ベルジュラック』は辰野隆氏の名訳でこれはいい暇潰しだった。あとは谷川徹三の『西洋と東洋』は常識的で、あとは駄本も駄本、御話にならない。ジイド・リスト共著の名著『経済学説史』の英語に訳したのが神田にはいくらもありますが、之が読みたいと思います。せめてこの程度でも満足出来るのです。

明星の連中にはどうか宜しく御伝え下さい、其の他皆様にもどうぞよろしく。

先程から穴のあくほど眺める様に見つめて居る写真の中のまなざしは、警視庁前で自動車の中の私を見ていたと同じ目です。あした朝、時間の許す限り書いた方がよさそうです。

朝が来ました、掃除を終り落着いた気持になって居ます。否、私自身は常に落着いて居るのですが全く周囲の環境は堪りません。何とかしても恐怖から一瞬でも逃れたい為に不断に喋ったり、それも何を対象とするのではなく不連続変換不明瞭、相手に理解させ様という努力もなく、只口より出るに委せると云った工合です。だが私は鈍感なのかも知れませんが、斯かる影響下にはありませんから御安心下さい。只家の皆様の事を案じて暮らして居ります。祈ちゃんを得てから彼女のことを考える時間が相当優勢ですけれど。夢をよく見ます、夢は大変に変化があって面白いものです。仮りにそれはシャバでは悪夢に入る類であっても、生き生きとして感情的であるが故に単調な生活をして居る私にとっては何よりの慰めであります。いわんやそれが皆様との愉快な生活の思い出であり、時としては可能性であったりしたならば朝起されるときの気持さえ忘れられれば、こよなき人間の歓喜でさえあります。マス子さん皆さん僕のことを夢見る事ありますか、稀には見てもいいと思います。そうそう、夢といえば百万円当った夢を見た事あります。シャバでは見た事もないかかる性質の夢を此処で見るとは可笑しいですね。フロイトはなんと説明するでしょうか。夢では僕は大変孝行者ですよ、無実の罪が御二人にかかりそうになるので僕が全能力を発揮してシャーロック・ホームズの様に危地に入って活躍したりするのです。之に協力する与志郎さんを叱りとばしたりします。尤も十年も二十年も前の様に与っちゃんの能力が子供染みて居て物の役に立たないのだから仕方がない悪く思わないで下さい。兎に角、哲太郎はせめて夢の中で孝行させて頂かせて居りますから大変幸福者です。マス子さんの事は君が身近に居るというなごやかな気分、つまり恋人としてよりは妻という者が身近に居てくれるという春の日の様な幸福感として夢を見て居ます。御城に暖かい春の午前の日光が入りこんで居る。窓を開いて二人ならんで畑を見て居るといった工合です。ですからキスしたりする事は殆どありません、うっとり顔を見とれて居るという塩梅。

　不二子さんは、今度は裁判の事でなしに、君が、今どんなことを考えて居るか手紙に書いて下さい。君とはゆっくり語りたかったのだから。『戦争と平和』『字典』を花山信勝さんから入手しました、未だ会っては居ませんが感謝です。照夫さん御葉書有難う。前の原稿用紙の手紙と較べて字が乱れて居たので一寸心配でしたよ。文学で立つ人は矢張り読みよい字を書いたが有利ですね。皆さん御機嫌よう、御手紙下さい、御忙しいとは思いますが。福子さんにはすぐ会えると思います。パパ・ママ御健康ならん事を。

二月一日

皆様

哲太郎

注〔異常心理者の対話〕精神異常であれば罪が軽減されると聞いて家族らの申し立てにより米軍指定の精神病院に移された。本文一一七頁参照。〔照井先生〕明星学園の創立者、照井猪一郎。〔マス子〕妻福子の別の呼び名。〔花山信勝〕教誨師。『亡びざる生命』など著書がある。

(書簡八、日付不明で狂人の真似をする精神病院の生活から)

大分永い時間が経ちました、日本タイムズに依れば十六日ですが、どうも新聞は嘘ばかり書いて居るから当てにはなりませんね。アサイラム用でないシャバの新聞が読みたいのですが小遣銭にも困って居る始末、それに一度も未だ売りには来ません。福子さんは毎晩会いに来て呉れて有難いが、御両親、皆様は御元気の事と拝察して居ります。その内に帰れる様になり度いと思います。此処での生活の事も書き度いのですが、頭脳の中に石があって痛くてたまりませんから書きません。ダンテの『神曲』に或いは此処の事が書いてあるかも知れません。窓から隅田川らしい河が見えます、カモメが居たり、土手の上を色々の日本人が通ったり、ポン〳〵音を立てて居るに違いない蒸気船が通ったりします。僕は偉大な文学を身を以て味わって居るのでしょうか。

御手紙を待つや切なるものあり、親不孝者にもどうぞ何か御叱りの言葉でも何でも構いませんからどうか下さい。〝昨日より一日は長し。我が髪に時の流れをまさぐりて居つ〟〝バラ〳〵の言を語れど此の房の三人《みた》りの心は何を思うか〟〝いざ友よ、しばし心を押し静め妻子の姿夢に抱かん〟今度の面会は出来るだけ早く来て下さい。手紙を下さい。
愛して居ます、愛して居ます、生ある限り愛して居ます。××を送ります。

吾が愛する人達へ

加藤哲太郎

注〔窓から隅田川〕同愛病院は墨田区横網二丁目の隅田川畔にある。

（書簡九、二月二十一日付で再び巣鴨からの第一信）

土曜日退院してきたら、写真と与志郎さんの手紙、福子さんの二月二日の葉書、美地子さんの御汁粉の葉書、大野さんの葉書、大島さんの手紙、中井さんの手紙と沢山便りがありました、有難う御座いました。

今日は月曜日で今風呂から上ったところ、人間らしい気持で御便りを始めました、情勢を按ずるにいよいよ手紙を書く回数は多くあるまいと思います。来月の面会はそれ故出来るだけ早めに御願いします。祈子はもう金網ごしには強いて見たいとは思いません。パパの風邪は治って良かったですね、栄養に注意されて極く軽い運動でもして御身体に御注意下さい。ママの注射主義も感心できません、以下皆様同様です、殊に福子さんは偏食をしない様にね。皆様どうか達者にお暮らし下さい。私は既に言うべき事は言ったし、お願いすべき事は願ったと思います。それで今は静かに『戦争と平和』を読んでいます。新聞記事を分析して楽しんで居ります。其の他の時間は追憶に耽って居ります、老人の気持もこの様なものかと私は考えて居ります。九州大学の森良雄先生が第五ブロックでの親友です。暇潰し的な話や議論をしたりします。巣鴨新聞に荒木貞夫が「奮闘文明」という珍文を投稿して恥をさらして居ります。何でも構わぬ苦しみに克って働けという昔と毫も変らぬ竹槍談義雀百まで踊りを忘れず、あれが文相をやった（やらした）日本人は救い難き民族だと感じており全く愛想がつきました。

今日は二月二十一日でした。僕の生れた日でしたね。家では皆様が心からなる御祝いをして下さった事と思います、パパを除いて皆様の御誕生日を忘れてしまってます、福子さんのも知らないんだ、済みません、御免、手紙で教えて下さいませ、福子さん、今日は殊の他に君の事が偲ばれて仕方がない、胸は痛んで血が滲んでいる、そして僕は歯を食いしばってあれこれと考える、祈子にはもうキスもしてやれない、そして君にも。ママには申し訳ありません、しかし矢張り不可能は不可能だったのです。最後まで馬鹿息子でしたね。ショーが「この世に監獄がある限りそこに誰が入っていようとそれは問題でない」と言う意味の事を言ったそうですが同感です。福子さんどうか社会科学を少し勉強して下さいね、今始める必要はないが、そして僕が此処で何を考えていたかと想像して呉れ給え。

アメリカには、ソロソロ景気変動の下降の兆しがあるじゃない？　三四年で又戦争が始まりそうだ、僕にはその時の有様が眼に見える様だ、地球は動いているんだから。ジイド・リスト『経済学説史』上下が読みたいものです、何度読んでも名著は味わいがある。祈子にはクラシックを読ませて下さい、十五、六歳のときから、早くても不可遅くても不可。祈子ちゃん良い子になれ、お母さんの様に立派な人になってお呉れ、よいお友達とよい御本を読んで、運動をしなさいね、又例により締まらぬ事を書きました。では来週迄。
渋い茶を飲んだつもりか枕ぬれ、狭山茶の味忘れがたかり（何とか入れて下さい……）

哲太郎

愛する人々へ

（二月二十一日着）

注〔巣鴨新聞〕BC級戦犯の手で刊行された獄中紙『すがも新聞』のこと。

（書簡十、三月一日付で生活にも気持の落着きが出てきた頃の消息）

鉛筆で書いた御便り三通最後は二十一日の日付でした、有難う。祈子ちゃんの成長ぶり頼もしい限りです。
今日は、私の此処に入所以来始めての事ですが既決の楽隊が来て色々の俗曲を放送して居るのです。連中の顔が見えないから放送という言葉を使用しなければなりますまい。皆、古い曲の聞き覚えばかりなので何となく哀愁があります。死刑囚は御義理で拍手だけして居ます、というのは私だけの考えで或いは涙を流し乍ら聞いて居る人があるのかも知れません。啜り上げる様に鼻をかむ音も聞こえますから。どうせ聞かせるならレコードかラジオの方が良いと私には思えます。
さて何を書きましょうか。毎日毎日同じような日が続きます。変った事といえば減刑其の他で大分人数が減った事位でしょうか。兎に角此処では時の流れが停滞して居ります、ですから考えは自ずと皆さんの方に、拘束なき娑婆の生活に飛んでいくのです。楽しかった思い出の数々、美しい夢です。今やっているのは椰子の実、一寸良かったです。演奏者も気兼ねして居るのでしょう、何となく気づまりな音楽ではある。

僕も最近は以前の様に同時に音楽を聴いたり本を読んだりする芸当は出来なくなった様です。それで用事というほどでもないが一寸書きます。西部軍関係で同じ判決を受けた冬至堅太郎(Toji Kentaro) という人は商大出の福岡の人ですが、一九三二年の四月から十月迄武蔵小金井の茶《さ》郷《ごう》さんの家に世話になって国立に通学して居たという事が偶然にも小川の話から判りました。もし機会があったら伝言して下さいという彼の依頼は原文で述べれば、Please give me prayer for her health and happiness. I stayed her home from April to Oct. or Nov. 1932. です。ではついでがあれば右を御伝え下さい、彼は学生時代のことをしきりに懐かしがって居りました。

祈子ちゃんの爪を切ったという御話、可愛くてたまりません。紅葉の様なお手々ですね、目に見えます。しかし可愛がりすぎて余り爪は切らない方がよろしい、深爪になると絶対なおりません。そうなると不器用になります。僕が不器用なのは深爪のせいだと思って居ります。之が私の持論の一つです。それから上ばかり向けて寝かせると後頭部がペッチャリなりますよ。頭はやわらかいのだから。おでこは心配ないでしょう。大いに期待できます。親馬鹿チャンリンとはこの事か。順三兄貴の会社の事は盛んに新聞に出ますね、でも給料の分割払いとは会社の手でしょう。あの海岸のアパート生活は羨ましい限りです。スガモホテルは外出が出来ないので駄目ですよ。さて漸く音楽が終りました。そして暖房の為のモーターが廻り始めました、単調な音をたてて居ります。平常の巣鴨らしく成りました。御知らせする事もない、小平の事を今考えて居りました。
歌（二人だけに通ずる）を作りました。

新しきインクの香り新聞の求人欄を見る癖は癖
終電を取り逃がしたる駅頭に雨しきりなる御城を思ひて
物思ふ妻笑はさんと二十円捨てる積もりで氷飲みたり
妻の出す袋を手にし足軽に小川の駅に出るに出たれど
冷蔵庫手も届かねば思案してシャカンのこてやセメン買ひし日
三合の石油買ひて妻に渡すいと小さけく我を思ふ日
さんま〳〵秋の日暮れ妻の植えたる菊と親しむ
ああ茸は黄色く茶色くねばっこく朝我れ口に述べたる如し
我を使ふ小伝馬町の新聞社下劣な男が社長でありき
冬迫り妻の着物を捨売りし外套二着出したる夕べ
一瓶のクリームさへもねだられざり、欲しと言へば買へたと思ふに

と言った塩梅に、とても哲ちゃんはセンチメンタルになって了いました。手紙を書くのは苦手です。涙もろい僕は天井を見ても追っつかないのです。

不二子さんから最近御便りが無いが心配して居ます、御父さん御母さんには御変りないのでしょうね、もしあったら僕にかくしては不可ませんよ、大変悲しく思います。かくすという事は、どんな事があっても僕は心構えが出来てます。病気してれば病気だと知らせて下されば嬉しいのです。皆様御身体に御気をつけ下さい。では来週又。

（三月一日）

哲太郎

最愛の皆々様

与っちゃんへ　お見合いの話うまくいきそうで御芽出度う。忠告がましいが、良いと思ったら躊躇せず断行する事が大事だと思います。一種の哲学だと思います。或いは神の如きものかハッと覚らなければ駄目です。

照夫さんへ　何度も言うようだが、小手先では駄目だから文学をやるには英仏露独の中出来るだけ深く専攻する必要があります。漱石が偉大な英文学者だった事を想起せられよ。

不二子さんへ　再び手紙がないので本当に心配して居ますよ、ガッカリする事はありませんよ。兄は充分感謝して居るのです。病気でなければ葉書でよいから御便り下さい。元気を出せ、時が解決するのですよ。

美地子さんへ　御嬢さん、コーヒーとミルク、林檎にエクレア下さい、ああおいしかった、御いくらですか、エッ‼　今持ち合わせがありません、次に御払いします。私は加藤哲太郎というものです、この次きっと御払い致します。

注〔茶郷さんの家〕明星学園の同級生出口喜久子の実家。〔小川の話〕かつて潜伏していた小平の家のこと。〔順三兄貴〕柳橋の福子の実家の兄。〔エクレア〕新丸子の実家で経営していた喫茶店ミチルのメニュー。当時はハイカラな洋菓子だった。

（書簡十一、父へ宛てて悲観的な気持を伝える）

二月二十六日付けのパパの長い御手紙本日頂きました。そして色々の事が御心に掛って居る様を拝読して哲太郎はとても悲しく思いました。第一にパパの御判断は間違って居り、他の人の判断が当って居る事を御報告致さねばなりません。どうかウィッシフルシンキングは、もう之きりにして頂きたいと思います。全く不孝者よとしみじみ苦杯を味わって居ります。御心静かに達観なすって下さいと僕が御願い出来るとは思いませんが、どうかもし出来るならそうお願いしたいと思います。まして御手も御不自由の由、今まで何となく筆跡が変ったと思って居たのでしたが、人生は夢にすぎないので不孝者を持って馬鹿を見たわい、一場の夢だったと御観念願えれば幸甚です。

御手紙には不二子さんの事だけしかありませんでしたが、他の皆様は御元気でしょうか、私はそれを信じて居ります。それから福子と祈子との事ですが、又鶴見に行って居るのではないでしょうか、どうして皆様と一緒に居られないのでしょうか、それのみ悲しく思って居ます。御父様も御存じと思いますが素直に書いて男性として夫として妻を一番愛しそれの気持は話をしないでも了解出来るのですが、私の想像では何とかして家の者が彼女等をして心置き無く一緒に住む事が出来るフンイ気をかもし出して頂きたいとのみ念じて居るのです。こればかりは一生の御願いです、他は何もいりません、嘆願書等もいりません、もう僅かの期間です、福子と祈子を僕以上に愛して頂き度い、それのみで御座います。色々御心労でしょうが、朗らかで且つ淋しがり屋の福子なのです、とにかく命をかけて呉れたのです、失敗に終りましたが支那に渡ろうと迄したのです。勿論、彼女の我が儘は僕が充分に認めて御詫びします。矢張り御両親と私達の間では三十年という時の流れがあって、思想的に家庭に対する態度にへだたりがあるのですから、ママは此の点御不満だと思います。僕さえ居ればという事になる、その僕が居ないのがそもそもの始まりでしたね。

此処の事ですが、死刑囚連中一同あきらめ切って居ます。先日あった大減刑（二十八名減刑）は例外で、あれが四十名減刑になると一同堅く信じて居たのでした。ですから最近は讃美歌も鳴りをひそめ、御経もとぎれとぎれです。ヤレヤレと胸をなで下ろして居るのは僕だけ、狂気の様なあの音はたまりませんでしたが、僕は全然変って居りません。『戦争と平和』はやっと終りました。今ひっぱりだこになって居ます。いい本もないのでイワンの馬鹿の様に寝ては哲学をして居ます、とはいえ皆様はじめ親しかった人たちの事を考えてばかり居ります。今日は七日です、面会を指折り数えて居ます。僕の手紙はとどいて居ますか。毎火曜日の朝一通宛出して居るのです、届いて居ると信じますが。取りとめない事ばかり。

「惶《かしこみ》し性なりしかな此処に来て心静かに来し方みれば」

「雲二つ会いて一つは消えんとす生まれし小雲を一つ残して」
キスを送ります。

哲太郎

一夫様

皆　様

（三月九日着）

注〔鶴見〕横浜の妻福子の実家。

（書簡十二、家族全員に宛てた三月十六日着信の身辺連絡）

御変りありませんか。皆様大分痩せ細られたのでないでしょうか。僕の為ならもうどうぞ決して心配下さらぬ様に、最近は淡々たる気持で申し訳ない位です。僕の為ならどうか何の御懸念もない様に願います。欲望はとみに減少しました、良い本を読み度い位のところです。与志郎さんの結婚決ったそうですね。先ずまず御芽出度う御座います。先方にも何卒宜敷く御伝え下さい。アパートか部屋でもありましたか、勿論便利な処でもあったでしょうと思います、結婚は契約で、その生活は共同生活なる事を忘れぬ様、相手の人格を尊敬する事、相手より以上に譲歩する事は円満上もっとも必要でしょう、受くるより与うるは幸なりです。何れにしても詳しい計画等御知らせ下さいませ。

ママへ、先日稲垣宛のあの短いあれで如何でしたろうか。福子からの言づけ確かにいただきました、有難うございます。牛乳も登録其の他自由競争で面白味が出て来た事と思います。もう大分昔の事になりますね。牛乳の商売も、仲間で色々の商売人が居ますが、商売の秘訣という様な事を聞くとヘエそうかとビックリする様な面白い話もありますよ。大分ママも本格化したとは思いますが。粟屋さんが亡くなられた事、福子から聞きました。おしい事をしましたあの若さで、早田は今何処に住んで居るのですか、先日の大人数の写真の中の子供は誰の子供なんでしょう、眉子叔母さんは今何処ですか、孝ちゃんは、糸ちゃんは何処ですか。この第五棟は佐賀県の人がとても多いですよ、同室の大隈君も佐賀です。人生は味がありますね、ママは相当な人生を経験をなすった、然し人生の長さは時間でなくて量ですから僕も決して短くはありませんでした。活動的な一年はそうでない二年にも三年にも当るし十年にも相当さえするのです。これはそう感じるだけという意味でなく、物理学の最高水準で事実それが証明出来るとやらいう事です。及川先生から御聴きしたのでしたが。先生には何とぞ宜敷く御願いします。運がよければ先生の御世話も僕に出来たのだと思いますのに。親不孝ものの身のほど知らず。

不二子さん、どうも色々有難うございました、折角六〇〇円に値切って下さったのにね、残念です。君も活動家だね、僕に似て居る処があるので一寸心配だ、世の中にはリズムがある、そのリズムをとらえればよし、いくらあせっても駄目なものは駄目らしいね、それを承知で失敗覚悟でなら構わないが、『エミール』の中で中々穿った事を言って居ます。例えば二三、一〇六、一〇七、一〇八、一〇九頁（春秋社版）。その時々を楽しむ事は賢明である様です。福子さんとはきっと話が合って仕方ない位でしょうね、尤もそんな余裕はなかったでしょうが。その中に暇が出来たら箱根あたりへ温泉へでもつれて行って下さい。

御両親は最大の打撃を受けられたのだから（祈子をもって始めて判ります）皆様で御孝行願います、だが最大の孝行は自分自身を高める事です、親はそれ以外には何も望まないのです。照夫さん、勉強して居ますか？　古典をよむ事、例えばエミール。何と標題ばかりで読まない本の多い事よ、僕はそれを悔やんで居る。美地子さんは元気ですね、野球今年の慶応はどうですか？　では又。

皆々様　　　　　　　　　　　　　　　哲太郎

（三月十六日着）

注〔粟屋さん〕新丸子の近所に住んでいた隣人。〔眉子〕母小雪の姉。〔及川先生〕慶応義塾大学の恩師、及川恒忠教授。本文一一三頁参照。

（書簡十三、厭世観が強まる三月二十一日夜）

皆様御疲れでしょう、色々想像して本当に感謝し且つ御同情に耐えません、妙な心理状態になって居るのです、矢張り捕まった時自殺す可きだったと考えて居ます、あの時はこんなに何時までも時間が経たなければ刑が確定しないとは露思いませんでしたものね。実際哲太郎は親不孝の馬鹿者でした、再審等いうものがあって皆様に物質的精神的な繁労があると知って居れば……。

今日『一日一想』『宗教とは何ぞや』来ました、読んでから手紙書き度かったのですが、その暇がありませんでした、それでそれ等を眺めながら書いて居ります。稲垣の隆《たか》さんから手紙貰いました、五、六枚の長い手紙でした、どうぞ宜敷く御伝え下さい。何か係争中の事は御互いに譲歩なすって解決したらよいと思います、私は事情は全然解らないけれど。相手方より以上に歩み寄るという事が円満の秘訣の様に思って居ります、馬鹿でない限り相手はそれを認めて敬意を表し、それ相当に上手く行くのではないでしょうか。

与志郎さん一ヶ月に一度位の写真の御約束は大丈夫でしょうか、イヤ〳〵今はそれ処ではないんでしたね、式は？　住居は？　だがその前に会社の経済状態は如何ですか、製薬業は生産過剰の様ですね、不二子さんが疲れ切って居るらしい、僕の分も含めて大きく抱擁してイイ子〳〵してやって下さい。こう書いて来て五歳位のフウチャンの姿をふと思い浮べました、吉祥寺だろうか、あの林檎を手にした可愛いフウチャンの写真を思い浮べましたよ、不二子さん色々有難う、何も考えず休んで下さいね。パパは御年で御病気だから、それから祈子を抱いて居る泣いてるママの写真、多くの人を悲しませた罪深い男よ、それは我である。

照夫は何か仕事につきましたか、それとも家に居て御手伝いですか。美地子さん、家の状況、美地ちゃんの見たままの処を御手紙下さい、アリの儘でね、それが僕に一番の慰めになるのです、二月枯れで商売も大変でしょうと思います、皆さん、先の短い人に心配させ度くない安心ばかりさせ様とするのは相手が少なくとも馬鹿でない限り却って逆効果ですよ、その失策は福子でさえ侵して居るのです、この前面会の時、最初僕の来たのに気も付かないで居た時の表情は忘れられません、急に取りつくろってニッコリ笑って居ましたが。此処での親友九大の森良雄先生の奥さんの事別紙に書いたとおりです、どうぞよろしく。中井よみさんに大変世話になって居る様子ですね、有難い事です。

最近は新聞記事も余り面白くありませんね、日本人の気持は大分占領に飽いた様ですね、新聞からややそんな香りも致します。ショーが紙片が一枚増えたと言ったそうですが、その実感は巣鴨でなければ味わえますまい。今福子は何処に居るのでしょうか、僅かの間ですから成る可く新丸子に長い間居る様に御願い致します。手紙を書いて居ておかしくなるのは何時も同じ事ばかりで進歩が無い事です、それでも書かなければ本当に心配なさるでしょうから書きますのです、御互いに辛い事ですね、無駄に時間が流れて行くのは。特にパパ、ママは痛切に感じられて居るに違いないと思います、若い時よりも老年に近づくにつれて一日々々が貴重になって行くものですからね。この冬はどうやら終りに近づいた様子ですが、随分寒い目に会われた事でしょう、一年に一度地球が太陽を廻って冬が来春が来る、皆様一番悲しい春を迎えられるのです。やがて又時が来て、それを解決して呉れるでしょう。祈子から回虫が出たのには驚きました、何処から這入ったのでしょう、乳ばっかりしか飲まないのに、想像は出来るけれども。つまらない事ばかりで御許し下さい、之が精一杯です、関係ある人に何卒宜敷く御願い致します。御便り御待ちして居ます、日常の些事を御知らせ下さい。

三月二十一日夜

愛する家族の皆々様へ　　　　　　　　　　　　　　　　哲太郎より

注〔『一日一想』〕トルストイ作、加藤一夫訳編、大正六年洛陽堂版。〔『宗教とは何ぞや』〕トルストイ作加藤一夫訳、春秋社版。〔稲垣の隆〕父一夫の姪。〔中井よみ〕明星学園からの友人。

（書簡十四、四月四日付で来たるべき時代に思いをはせる）

四月四日の夕食後の Visit の時間です、と言ってもD. S. T. の五時頃ですから未だ未だそう容易に暮れそうにもありません、一日中睡くて仕方がありません、春は死刑囚には罪な気候です、実際流石の僕も自然の力の前にはもろくも翻弄される一匹の生物に外なりません、頭がボウとしてやり切れません、尤も之は私だけの問題でなく老人を除いては皆何となく調子が可笑しいようです。そして色々心配ばかりして居ます、ですから一寸つまり一週に一回の便りがないと（来る時は何通も来るのですが）矢張り何か大病人でも出来たのではないかと心配ばかりして居ます、どうにも出来ない故に、もしそんな事になったのではないかと心配するのです。西部戦線異状なしといった工合に異常がなかったら、無いで結構ですから葉書にても御知らせ下さい（つまり定期的に）。

さて極めて御多忙中無理な御願いはこれ位にして、当方は福子さんに書いた以外には別に変った事もありません、身体はこんな所に居るには勿体ない程元気ですし、最近は食事にも慣れて全然空腹を感じません、気概ばかり強くって却って淋しい位です、新聞を見る度びに不甲斐なさに何度か絶望して居ます、しかし矢張り日本人として日本人に見切りをつける事が出来ない未だ未だ絶望し切って居ないので始末に負えないのです、照井先生から手紙が来て色々長く書いてありました、感謝して居ります、及川恒忠先生からも短い先生らしい御便りがありました。同室の人でも誰でも学校の教師から手紙を貰った人は知る限りに於てありません、そういう環境で育った事は非常に感謝すべき事ですね。

九原則の強行で既に色々生活上の困難が加重した事と思います、生きる事に苦闘されて居る事と拝察します、登録等もやっとの事だったのですってね。喫茶の方を止めるのは決定済みですか？　先頃、与志郎さんから拡張の夢を述べた手紙が来たのはつい一ケ月前でなかったでしょうか、いよ〳〵資本のないものは苦い時代が来るのですね、中小商工業者は徹底的に収奪されるでしょう、そしてはっきりと二階級が（買弁的な特殊グループは別として）尖鋭に対立抗争する事になるでしょう、アメリカが余っぽど物資でもつぎ込めば又事情は異なって来るでしょうけれど。

不二子さん、御身体はいかがですか、ママは相変らず注射でしょうね、春で眼が痛いのでしょうか、それとも眼の方はもう超越なさったのでしょうか、何も解りません、パパは例によって本屋に印税等いい工合にされて居るのでしょうね、又或いは矢張り段々と御不自由になって行かれて居るのでしょうか。手が御不自由になって何と申し上げてよいやら、本当に不孝な僕です、大馬鹿ものです、与志郎、照夫さん、何卒僕の代りに頑張って下さい。早い話、パパと碁をする時に、三度に一度は負けて居ますか、人間は体力というものによって作用されるのだから老人をビシ〱負かしたって何もならないんですよ。御酒だってパパの前で飲んだりしませんか、尤も今は配給酒位しか飲めないだろうけれど。三共でさえ売れなくって困って居る時に、与志郎さんの会社はよく立って居ますね。本当に奇蹟の様な気もします。兎に角そんな工合で、まあどうにかはなるだろうけれど、大した事にはならない情勢ですね、戦時中の事を考えれば我慢は出来るとは思いますが、返す〲も残念です、然し考えて見ればシャバに居たとしてもどれだけの事が出来たかと自問する時に、又仮にそれこそ万一何かの天変かで巣鴨から出たとしてもその時の僕のする仕事の性質からして、およそ家に居てどうという世間並の事は出来ない故に、結局僕は親孝行等は到底出来る人間ではなかったのです。まあこう考えてあきらめて居る訳です。

今一寸新聞見たら、ＢＣ級裁判九月末迄に完了する様、極東委員会が勧告したと書いてありました、これで一段落すれば日本人の考え方も又変って来る事でしょう、そして平和が一、二年は続くのでしょうか。

祈子にすべての希望をかけて、じっと見つめて居るつもりです。どうか御元気で幸福が来ます様に祈りつつ。

四月四日

哲太郎

皆々様

（鶴見と川崎と交互に書く事にしました）

（書簡十五、巣鴨内部の動きと新聞を読んでの感想）

前略、今日不二子さんの写真の貼った手紙をいただきました、大変嬉しかった、大分家の様子も最近は判って来ました、全くシャバは大変ですね、中井よみさんからも愉快な手紙頂きました。皆様に今迄長い間御苦労かけて了ったが、もう後僅かな様な気がします、全く時間がどん〳〵矢の様に経過して了うのにはびっくりして了います、不二子さんから御叱りをこうむったので、いささか愉快な気持になって居ます、此処では、然し別に書く事もないのでついうっかり口が滑って悪口になって了うのですよ、併し君も兄貴に説教するだけの女性になったかと思うと本当に僕は嬉しいのですよ。

ママは御元気ですか、そろ〳〵登録で御忙しいのでしたね。最近は腹が空きません、こうなると食事が不味くて困ります、運動不足もあるのですが外米の香りが鼻について仕方がありません。未決の時識合った笹川良一（渋谷区桜丘十五）さんから慰問の葉書が来ました、葉書で良いから有難く感謝して居ると出して置いて頂けませんでしょうか、例の国粋大衆党のあれですよ、まあ前歴や思想は別として彼は大いに巣鴨の為に運動して居る模様、矢張り一風変った人物らしい、共産党を今に巣鴨にタタキ込むんだ等、張り切って居りましたっけ。

今日は又、例の音楽会がありました、演奏が見えませんからラジオを聴くといった塩梅でした、だがこんな催しで死刑囚の気持が大いに明るくなるとは考えられません、勿論無いよりは結構だと思いますが。照夫ちゃんの事は何も書いてありませんでしたが……元気でしょうね。パパの御風邪は最近ヒンパンですね。キリスト、トルストイの二冊は愛読されて居ます、巣鴨に寄附致しました。今森さんの部屋に行って之を書いて居ります、森さんも写真を見ながら文章を推コウして手紙を書いて居ます、僕は書きっぱなしでナマケモノですね。隆さんの先日の手紙は洋裁云々とありましたが隣りで洋裁店でもやって居るのでしょうか、洋裁といえば大島さんの娘さんが洋裁店を蒲田でやって居ます、職人は遊び人が多いとこぼして居ましたっけ。大島さんは今一介の通訳で働ける事自体感謝しなければならぬ失業時代だと書いて来られましたが、九原則のキビシサをヒシ〳〵と感じさせられました。

最近社会党の人気はどうですか、講和署名運動は新聞紙上の印象はマア〳〵という事でした、積極的な運動は他にないものでしょうか、それとも民主主義議会政治はその程度の衆愚政治に過ぎないのでしょうか、イギリス労働党の何処を見倣って居るのでしょうか。最近書籍の値段はビックリする様ですね、学生は大変だ、殊に図書館の不便な学生は碌な勉強も出来ない訳ですね。それにつけても岩波書店の長者番付はけしからん、株式会社岩波書店のダラクか、いや〳〵株式会社岩波書店の大発展でしたかね。又例のゴマメの歯ぎしりが始まりましたね、外に居ればアップ〳〵して居るくせに、馬鹿ですね。人参ばかり食べて居ます、平尾博士の想像によると日光にあたらないから人参でVitaminを補うのだそうです、緑茶で補ってくれれば有難いですのに、朝食昼食夕食とよくまあ人参を食って居る人間達ではある。平尾さんも九大の先生です。スガモ新聞によれば支那から帰った、元慶応の野球の岡氏が出所した様です。さて何か他にニュースはないかな。今日は新聞が這入りました、這入って見れば別に大した事はなし、暁に祈るだとかそれに類似のスクープ記事も余り品の良いものではありませんね、東京新聞が割に気持が良いではありませんか。てんやわんやという言葉は外で流行して居ますか、あの小説ももう直き終りそうですね、面白かったのに。祈子がもう知恵がつきかかって居るという福子さんの手紙でした、恐るべきものである、或いは驚く可き事実である（徳球はそういう口癖だそうですね）。他に何か驚くような事は無いかといえば、五十二人の死刑囚の中五十一名が、仏壇を棟内に送ってもらって感謝状を出したニュースです、僕は仲間がそんなに仏壇に感謝して居るのを知って正に驚いて了いました、不二子さんは驚きましたか。日本人は実に驚くべき民族です、常識があてはまらないのだから。或いは僕が気でも狂って居るのかしらと思います。

多摩川園の轢死事件があった事を御報告して置きます、灯台下暗しといいますから。美沙子の家は未だありますか、もうないでしょうね、あれは美沙子という人でもって居た様な店だから、梅月が止めたのは知って居ます。与ちゃんの恋人幸子《ユキ》ちゃんが何かの病気で忽焉と逝ったのは何年前の事か、キット今の美地子さん位の年頃でなかったか？　いやもっと若かったか。皆さん御自愛下さい、生きる事は愉しいのですよ。人は中々それに気が付かない、空腹を満たした後に欲する時に御茶を飲める生活は素晴らしい人生です。まして況んや……に於てをや。どうぞお身体に気をつけて御孝行願います。御父さん呉々も御自愛専一に。僕もまだ生きて居ります。さよなら皆様、来週も手紙が書けます様に、では又。

四月十一日　　　　　　　　　　　　不孝者の

皆々様　　　　　　　　　　　　　　　　哲太郎より

注〔キリスト〕加藤一夫著『小説キリスト』新思潮社版。〔トルストイの二冊〕書簡十三に出てくる二つの著作。〔徳球〕日本共産党幹部だった徳田球一。〔美沙子の家〕妹美地子の家か。

(書簡十六、死刑廃止の主張と死後の生まれかわりに思いをはせる)

相変らずの生活を続けて居ります。毎日々々が単調な連続ですが思った程は退屈しません、だがもしこれが有期の既決であったならば恐らく発狂をして居る処でしょうが、お蔭の死刑囚でそれほどでもありません。一週二回の入浴と二三回の十五分の散歩の他は一畳の主としての生活は一寸想像されても面白いでしょう。昨日は思いきって足踏みを十五分やりましたら、今日は五里も歩いた様に両のふくらはぎが痛んで居る始末です。何が恋しいかといえば太陽の光線です、光線に三十分ばかり染々御目に掛り度いと思います。散歩の十五分間の空気の美味い事、だが空気は今では暫時ならば窓を開いても構いませんから、そう大した有難味はありません。問題は太陽です。もう一度日向ぼっこをして見たいとつらつら思います。とは雖も毎日の事で結構なれて了って、そんな無謀な大それた事は忘れた様になって居ます。

この二、三日、与志郎さんの夢を続けて見ました。すっかり家に帰ったような積りになって、最後の日は喧嘩して居る夢でした。馬鹿の石松でこの気短は死ななきゃ癒りません。でもそんな場面が最もアットホームなんで仕方ありません。パパと書斎の夢も見ます、昨夜などは巣鴨へ持って行く本を自分で選んで居るのです、これとこれと、書名や装釘《テイ》や其の他日本語の本か英語か全集か、とかいう観念が馬鹿にはっきり頭に来て居るのです。今では何の本だかは思い出せませんが。ブルーグリーンやダークレッドの洋書の色彩《サイ》は印象的で頭に残って居ます。昨年僅か二〇〇円で島崎へ売りとばしたHolyoake の History of Co-operation の緑色でありましょうか、夢も中々何かの意味があります。

此処に来て感じた事の一つに死刑は最大な罪悪であるという事、死刑は廃止すべきという事、懲役は段階の Transition としてアイソレーションの意味に於てのみ許されるという事。生命の価値は六十翁にとっても十九歳の少年でも彼にとっては一であり全であるという事、随って一例として同じ五年の懲役でも老人にとっては重すぎ、若い者には寧ろ軽い事もあり得る事。統計学の示す通り或年齢に於ける日本人（又は米国人）の平均余命は経験上得られて居るから、つまり二十歳になった人間はあと何年生きられる可能性があるかという事が判って居るから、刑は従来の如く、何年以下だとか、何年以上何年とかしないで、平均余命の何％以下とか、何％より何％迄というふうにすべきだという事を真剣に考えて居ます。六十歳の人に十年を課すのは非常な罪悪ですよ。二十年になれば神を冒瀆して居ますよ。何故人間はこれを今迄考えなかった、それは、目には目をの考え方や、刑務所内で改心させようとか、又は一般へのみせしめ等がその根拠であったからです。アイソレーションだけで沢山です。社会組織の不備からの罪を刑務所内で悔い改めさせよう等大それた事を考えると、とてもこの％の唱道は未だ受け入れられないでしょう。

まだ始めたばかりですが、此処の全員に尋ねて見たいと思う事は、もし所謂来世で生れるならば何に生れ度いか、人間では何国に生れ度いかという事です、花山信勝さんが平和の発見で色々書いていますが、この僕の調査の方が大いなる資料となるでしょう。今迄調べた五人は、①日本人、②トンボか蝶々、③戦争なく生活が楽な国、④死のない処、快楽ばかりあるところ、⑤人間何国でもよし。と言った塩梅です。

先ず右の様な工合で日を送って居ますが、大分暮しも押し迫った模様で皆様御心痛でしょう、それのみ申し訳なく案じて居ります。今年は春は寧ろ寒かった様ですね、未だ此処は暖房がとれません、この服装では矢張り必要を感じて居ます。パパは御病気は如何でございましょう、病気ほどいやなものはありませんね、肉体の故障が精神に迄影響しますものね、此処に居ても病気だけは御免です。さて与志郎さんの縁談は其の後進んで居ますか、今の僕の心境でいえば、交際して見てからというのはピンと来てない証拠だから余り感心しません。三十分も話をすれば相手の人格は判ります（自分に適するや否や）。それだけでよろしい、人間を貰う事が肝要です、学歴や、タンスを貰わない事。一席弁じて失礼しました。不二子さんも同じ。照夫ちゃんは勉強する事、美地子ちゃんはどうも判らない、自分の道へ進む事、そして御両親を宜敷く願います（今のところは未だ脛かじりなんだろうが）。来週も御便りしたいもんですなあ。さよなら。

一九四九、四、一七、

哲太郎

皆々様

（書簡十七、妻の福子と祈子の後事を案じて）

四月十日の与志郎さんの写真の入った便りと十六日の美地子さんの便り頂きました、大変有難うございます、全く金詰りで大変ですね。今新聞で単一為替レートの決定を読みました、三六〇円では輸入食糧の補助金だけでも沢山の税金を覚悟しなければなりませんね。私の見通しでは一年以上三六〇円を維持出来れば或いは安定するかもしれないが、それが六つかしいのではないかと考えます。尤も此処での予想は余り本人からして自信がありませんがねえ。月給を払わない会社の人が花見をするのは一寸理解できませんが、どうやら大分シャバの様子も判らなくなりました。矢張り春だから浮き浮きするのでしょうね。今年と来年は日本も随分反動の嵐で皆不愉快だと思います、美地子さんの暢気坊もキット悄気返るに違いない位の憂鬱が来るだろうと思います。

此処に居ると何でも悪く悲観的に考える傾向があるから或いはそれは杞憂かも知れないが、完全にカク離されると全然自信がなくなります、中国でも一時的和平が出来るのではないかと思っていましたが決戦が始まったりして……。御父さんの血圧が高いのが一番心配です、ママ、不二子さん、いざという場合には躊《ため》わずに瀉血して上げて下さいね、既に研究済み又或いは実施済みかも知れないが、血管が細くなって血が沢山あって圧力が強くなるのだから血を採るよりよい方法はないのです、二〇〇グラム乃至六〇〇グラム位採るのだそうですね、静脈から大きいシリンダーの注射器で採るのですね、簡単なものだと森さんが言って居ましたよ。

福子が可成り前から鶴見に行って居る様子は本人及び美地子さんの手紙で判りましたが、正式と言っては語弊があるが新丸子から具体的に未だ何ともないので心外に思って居ます。具体的の事はサッパリ判りません、至急御知らせ願い度いと思います。経済的には新丸子ではどの程度の事が出来るのか、籍はどうなったか、又は自活するとすればどの様な案があるのか、具体的な事を是非御知らせ下さい、出来ない事を出来るように知らせて欲しいと思うのではありません、ただ事実を知りたい、乃至は事実を知らせたいという気持が一体あるのか無いのか、余り無関心過ぎるのではないか、という気が致しますので不孝の上塗りかも知れませんが敢えて真面目な質問を呈する次第です。終戦後のあの放浪生活をどうやらくぐり抜けて何か悪事もせずに人間らしい男らしい休息を此処に私が見出したのは福子あるが故だったのは今更述べる迄もないが、それを又繰り返す必要があるのが本当に悲しい事です。これでは死んでも死に切れないという感じです。御父様は病気だし、生活が苦しいし、それで、何も思うにまかせぬのは良く判ります、けれど生まれ出た一個の生命に対し一潤の涙があったら、もう少し事務的に解決して、実際に祈子に愛情を示して頂き度いと思います。競馬に行くのも結構ですが、時期があると思います。この様に思った事をヅケヾヽ書く事はこれ限りとしますから、最後ですから……テキパキと物事を処理して頂き度い、それが出来ぬ位しか僕を可愛想だと思って頂けないのか、今更不孝の罪をしみヾヽ感じます。今迄色々気を使って婉曲に御尋ねした事も殆ど満足に返事を頂いて居りません、勿論実行は困難でしょうが、今は斯ういう情況だが、斯うしたいという気持（誠意という言葉を使い度いのですが）が全然私には伝わって居ないのです。福子や祈子の事を考えないで、この不孝者の事ばかり御考えではないですか、それは丸で逆ではありませんか。最後にジープの上で私が言った事は余りにも判然として居るではありませんか、無駄な努力はインテリのする事ではありません、もっと合理的に僕を愛して下さい、御願いします。この手紙が着いてその返事がある迄僕は西村善男で結構だと思って居ます。

御免下さい、遂に哲太郎は例の癖で言い度い事は言って了いました、数多くの不孝の行為を思い出しつつ之を書いて了った。僕の胸中を御察し下さい、不孝を棚上げして書いて居るのですが、前言を取り消そうとは思いません、皆様の理性に訴え度いと思います、祈子を愛する事によって僕を愛して下さいませ。今月は二十五日の今日迄面会がありませんでした、福子が来られない事情ならば新丸子から何故来て頂けなかったのでしょう。死刑囚がこんな悩みがあるとは夢にも思いませんでした、最後の頑張りでこの御返事を頂く迄は頑張ります、今日は二十五日ですから来月の半ばまではどうあっても生き度い積りです。祈子よ祈子よ、御父さんは御前の事でこんな不孝をして居ます。不二子さん僕の心中察して下さい、よく君からあやまって下さい、ああ僕は何を書いたか、恐ろしいから読み返さずにこのまま封筒に入れる積りです。心を鬼にしつつ。

四月二十五日

罪深き哲太郎より

皆々様

（書簡十八、マッカーサーの命令による裁判のやりなおしを知らされて）

五月二十三日の月曜日です、手紙を書く日になりました。土曜日の十一時半頃、第五棟係りのLt. Coker（コーカー中尉）という人が、加藤グッドニュースだと言って、飛び込む様にしてやって来て錠を開けました。房を出ると直ぐ廊下への通路の処に、少佐一人と二世の兵が居ました。
少佐は直ちにベラベラと読み上げましたが、その時はもう一度やるという事が、漠然としか判りませんでした。あとで受け取った紙片には次の様な事が書いてありました。

The following is the action of the reviewing authority: "Headquarters Eighth Army United States Army Office of the Commanding General Yokohama, Japan 23 February 1949.
In the foregoing case of Tetsutaro Kato, the sentence of death by hanging is approved but will not be carried into execution until confirmed by the Supreme Commander for the Allied Powers.
(Signed) Walton H. Walker (typed) WALTON H. WALKER Lieutenant General, United States Army Commanding."

The following is the action of the confirming authority : "General Headquarters Supreme Commander for the Allied Powers, APO 500, 16th May 1949.
In The foregoing case of Tetsutaro Kato, formerly, First in the Lieutenant in the Imperial Japanese Army, the sentence is disapproved and a rehearing is ordered before another court to be hereafter designated by the Commanding General, Eighth Army.
(Signed) Douglas MacArthur (typed) Douglas MacArthur, General of the Army, United States Army Supreme Commander."

他に副官や、参謀長のサインがありました。

四十五名の人々に挨拶して、又再び第三ブロックへ移転になりました。今は恰度六ケ月の時間が大きく転回して、其処に立って居る様な気がしました。大きな時間の物差しが、私の傍を六ケ月分だけ、後退りをしたのです、そしてぴたりとそれがとまると又、物懶いばかりの単調な時間が、又再び始まるのでした。手錠は再び無くなり、昨日は午後二時間ばかり日向ぼっこをしました。

今日あたり頃から、又取調べがあるのだろうと思います。第三棟へ来ると、途端に色々な雑役があります。今の所は特別待遇で何もしません。同室の人は当番として出て行きました、空部屋の掃除だそうです。今は雨が降り出して、日向ぼっこは今日は駄目らしいので聊かがっかりして居ます。

今度の裁判に僕は期待をかける。最悪の場合でも、八年、十年迄は食い度くないと思う。何処迄フェアな裁判をするか興味深いものがあるではないか、横浜裁判が始まってから、審理をやり直すのは、初めてではないでしょうか。その意味でこれは大きな、注目の的となるに違いないですね。合同裁判か単独か、未だはっきりしません。何れにしても、法理上からでも問題的だと思います。これも亦、時間が解決するでしょうけれど。皆さんの努力がなかったら、今頃はこんな暢気な事は言って居られなかったでしょう。奇蹟を行う人々ではある。行われた人間はボーッとして居ます。記憶は益々あやふやになり、非常に困って居ます。あまり記憶に自信のない事は、喋れませんし。一度び死を味わって了うと、それで良い、何でもよい、勝手にしろ、という様な気持になって了うのです。甚だ無責任な事ですね。非常に運命論的になって了うのです。

死刑囚は色々な事を考え合わせて、前世の因縁によって、凡ては宿命だという妄想にとらわれて居ます、それが信仰の大きな前提らしいのです。先便では、第五棟の生活を、思った通りにズバズバ書きましたが、今此所ではもうその事には触れ度くないような気持です。だけれども、五ケ月のあの生活で、肉体的に精神的にとても弱って居るのです。昨日は二十分と歩けないのには驚きました。二時間の運動の時間もあたら腰を下して日光を浴びるにとどめました。

昨夜は、最近に頂いた手紙を繰り返して読みました。環境が変るとその手紙の内容も随分変って感じられます。そしてシャバでは時間のテンポが早いなあと感じるだけです。今では脳細胞の動きが不活発で、ある刺戟を受けても、それが反応するに随分長い時間が経ちます。自分の精神活動に全然自信がありません。此処の同室の人の話等を聞いて居ても、一を聞いて一を理解する事は不可能なのです。全く自分が嫌になって了います。ああ俺は生きて居るわい、確かに呼吸して居るという事を感じます。夜は七時頃から睡り、朝五時頃起床します、それで居て睡くてたまりません。今頑張る時だと、或る心が囁きます、他の心がそれを嘲笑して居ます。人格が三重・四重に分裂して居るのです、少なくとも常に精神の対立があるのが感じられます。そしてその何れもが妥当である様な気がします。或いは共に不当である様な気がします。だから不安なのです、だから自信が持てないのです。と言って今更、他より教示される事に反発する根強いものがあります、と言って自分には自信が無いのです。今度の苦い経験で外部の圧力には決して屈服してはならぬという事は学びました、ところが何か必然的な大きな目に見えない力によって人間は踊らされて居るのであって、自由とか、意志とかは何か安っぽいものの様にも感じられます。兎に角不安です、少しでも時間が許されれば恢復する様な気も致しますが、今直ぐ又裁判があると実に不安です。今考えて見ると、第五棟の人々は皆精神に程度の差こそあれ、異常を来して居るという事が実感を以て理解出来ます、私の如きものでさえそう感じて居ます。時間を与えよ、時間を与えよ、何かしらの Remedy となる事を漠然と信じて居ます、思惟する力は減退して居るので漠然と然し乍ら直覚的に感じ得るのみです。今こんな工合ですから、当分、橋頭堡とは何ぞや九原則とは何ぞや等の質問を出さないで下さい。今そんなものでも出たら一種の強迫観念となってそればかりアレコレ思い患うでしょうから、鶴見の母さんは例の神様の予言が正しかったと信じ、福子さんもそんな気になるんじゃないか一寸心配です、という事を感じるのはどちらの精神だろうか？

第三棟に来て見ると、つまり未決の日本人を見て居ると、この窮屈な生活の中にも更に窮屈に自らを陥れて居るのが日本人自身である事をハッキリ感じます。当然の主張をして居ないのです、その一例として食事は死刑囚よりも少ない、半人前と同様です、マッチが極めて払底して皆困って居る、何一つ当然の事を要求しないのは日本人の悪い癖です。死刑囚はどん〳〵要求して石鹼やマッチには何の不自由もありませんでした。聞いた話では先週の木曜日に運動時間の間に検査があって、石鹼、タバコ、マッチ等が紛失して居たところがあります、一旦支給したもの、而も必要品を取り上げられて誰も文句を言わないのが日本人です。自分が日本人で愛想が尽きて居るのだから世話はありません。検事側でゴウモン torture にあってサインをさせられた死刑囚が数人あり、その傷痕のある人もあります。前述のコーカー中尉は人道的な人で「アメリカにもそんな人が居たのは申し訳ない」と涙を流して彼に謝したという話を森さんから聞きました。その人は宗教的な立場から彼（検事側）を諭して居るというのでした。しかし自分はそれで絞首刑になって構わないとしたところで、その為に余計な人まで道連れにして居るらしいのです。自分では気が附かないのでしょうか。これが日本人であり、私は日本人に愛想をつかして居ます。未だに此処では元の少将とかいう野郎は横柄な口をききます。そして些細な特権の如きものを享受して居る様です。「よう○○さん元気でしたか」と私が声を掛けたら（彼は三棟で約半日私と同房でしたので）彼は明らかに不愉快な顔をしました、今だに閣下と言われると嬉しいのは彼ばかりでは無いらしい、これがこの二、三日の私の観察したところの一つです。

だが、こんな事はつまらないでしょう、皆様もこんな事はそっとして置き度いと思うのでしょうね。そしてそれに同感するような或る物が矢張り私にもある様な気がします。私のその部分がとてもいやになるのですけれど。

祈子に蚊帳を買って呉れたでしょうか美地子さんは、どうも有難うございました。先日新聞で見たのですが、電燈線を利用した殺虫器が六〇〇円程度で近い内に発売されるとかいうニュースがありましたっけ。キスを送ります。

キセキを行った　　　　　　　　　　　　加藤哲太郎

愛する人々へ

注〔The following is ……〕マッカーサー総司令官による裁判のやりなおし命令の原文である。判決文の訳文は二一六頁参照。〔鶴見の母さん〕妻福子の母。哲太郎が奇跡的に助かったことを新興宗教の予言で言われたと喜んだ。

（書簡十九、裁判のやりなおし命令の出たことが実感として迫る六月六日付）

今夜もそろ〳〵夕闇が迫って来ました。今日は到頭降りませんでした。何だか気持の良い夕べです。裁判中の新潟鉄工所の連中が追分を合唱して居ます。何となく心をユサブル様なメロディーですね。あの歌は、土に染み込んだようなピッタリした気持がします。静かな〳〵夕べです。福田正夫氏から手紙を頂きました。彼の長男は覚えて居ません。福田さん自身も私の記憶はオボロです。小さな版の詩集は覚えて居ますし、読んだ事もありますが、最近何新聞かで随筆を一寸読みました。宜敷く御伝え下さい。御父さんは大分御悪い様子、皆んな僕の不孝の故です。不二子さんは痩せちゃったとか、済まないねえ。御母さんは御身体は如何ですか御伺い致します。何もかも理解出来るのです、何もかも。佐藤永遠子ちゃんから手紙を貰いました。彼女が四人の母とは驚きました。北京に行って居たらしい、僕、有馬純勝、彼女、茶郷の四人が支那や満州へ行って居たとは、当時の日本の縮図です。他は中川晶輝君が北京の同仁会病院へ行って居たとか。こんな事書いて何になるのでしょう。僕はどうかして居るかな。

偽りない事を書けば、未決というものは宙ブラリンで落着かないものです。皆さんもこの気持は御判りでしょう、宙ぶらりんです。昔の歌、ママの子守り歌が思い出されるような夕べなのです。カチューシャの歌、オーロラの下の歌や、それから〝夜でも昼でも牢屋は暗い〟はドン底の歌でしたか、なつかしいのです。今頃の多摩川辺りの夕もやも思い出されます。鮎がとれてる様ですね、今じゃ鮎の天婦羅というわけにもいかぬでしょう。ハヤの天婦羅の方が美味いですね。あの時ママが照夫（美地子？）を屋形船からブラ下げて助けたのは何年前だったでしょうか？　あの時は本当に生命拾いで、あの当時は僕も小さくて水泳も未熟だったので、とても僕には助けられなかったと思います。与っちゃんは澄ちゃんを助けたし、あれも昔語りになりました。美味いものの話、鰹を藁で巻いて、それを火で焼きます。それを刺身にして食べる、ニンニク醬油かショウガ醬油で食べる。外側は色が変って居るが中は生です。高知の独特な料理だそうです。一人で一本位食べられるそうですね、……これは第五棟で秋田さんから聞いた話です、そろ〳〵鰹も配給でしょうから試しては如何、配給でも高いでしょうね。

祈子は元気でしょうね、何時頃ハイ〳〵する様になるのかしら、猫が一寸心配だ。条件反射を利用して祈子の臭いをかがしては鼻先を指でパチン〳〵とやってこりさせて置くか、僕は未だに猫はスカンです。猫も僕を好かんでしょう、従ってその赤ん坊を猫がいじめないだろうか、それが心配なのです。

狭い部屋に居るので、遠い処を眺めるという事はありません。眼がとても弱って居ます。僕ばかりではなく、皆の事です。夜寝る時はマッサージをします、それが良いという事です。

パパは一番辛いでしょうね。ママは頑張って居られるのですね。僕だけがカッタルンで居るのだ。済みません。御忙しい中でしょうが、葉書で皆さんの御近況御知らせ下さい。先日の写真は商売人が写したのでしょうね。黒と白とをコントラストさせて美しいものでした、ママに抱かさってる祈子は指を伸び〳〵させて居る、矢張り不二子さんの抱き方が一番下手です。祈子が仕方がないまあ抱かさってやろうという様な表情してますね。……と書いて居ると、甲高い子供の何か暗誦するような合唱が今此処まで聞こえて来ました。相当距離がある筈であるのに、よく聞こえます。シャバの声です。皆さん、又々つまらない事ばかりで失礼しました。では又。

六月六日

哲太郎

皆々様

注〔福田正夫〕『民衆』詩派詩人。〔佐藤永遠子、有馬純勝、中川晶輝〕いずれも明星学園からの友人。

〈書簡二十、終身刑からさらに減刑になったことを伝える九月五日付〉

ママが面会に来た時も既に天気が変だったのに、あれから無事に新丸子迄帰りつきましたか、台風の被害はどの位でしたか案じて居ります。東京附近のものは皆夫れ夫れ心配して居りますが、どうも巣鴨の中での心配はエネルギーの浪費以外のものではありませぬ。パパの御病気の事も考えても仕方がないのであるがインシュリンが入手されれば大丈夫なのですが、与っちゃん不二ちゃん何とかなりませんでしょうか？　ＹＭＣＡには未だ手紙を出して居りません。Ｒ．Ｌ．

Durgingさんの綴りはこれで良いのですか、どんな事を書いて良いか見当が付きません、未知の人、宗教家、私の今の気持からすれば極めて形式的なものになって了いますが、そんなので良いでしょうか？　彼は日本に長い間居た、日本の理解者であると思いますが、何か彼についての情報を知らせて下されば、心からの手紙も書けるかと思います。

『星条旗』紙に載って居た記事を訳して見ます。

終身より減刑　加藤元中尉に対して

横浜八月二十六日発　第八軍軍司令官は一人の日本の元陸軍中尉の終身の判決を減刑した。その戦犯が彼の指揮下にあった収容所に於てアメリカ捕虜の生活状態の改善に努力した事が判明した後に、加藤哲太郎の刑期は三十年の拘禁に減ぜられた。

加藤は最初、一米国捕虜の死に関連して第八軍軍法委員会により絞首刑の判決を受けたが、マッカーサー元帥は判決を却下し、加藤の再裁判を命令した。この七月の終りに彼は他の軍法委員会により重労働終身を宣告された。

八軍法務当局はその新裁判の記録の再審中に、新潟収容所に収容されて居た数人の米国人の口供書が、収容所長加藤が捕虜を比較的良好に取り扱った事を示して居るのを発見した。加藤はその上級将校達が捕虜を援護するに必要なりと考えた以上に行動したと一人の捕虜は陳述した。加藤は六十人の捕虜がアメーバ赤痢にかかったのを知ってから、彼は収容所を閉鎖し、二日間捕虜に作業を要求しなかった事の次第を他の一人は語った。

其の収容所の七百人の捕虜の中、自然的原因以外には死んだものはないと或る口供書は言って居る。

未だに減刑の通知は無く第六棟に居ります、数人の看守は未だ私が六棟に居るのを見て不思議がって居ります。手術からは殆ど回復しました、明後日から仕事をする事にしました、箒で庭を掃除する仕事をやらして貰って足を慣らそうと思って居ます、足は可成り退化しました、尤も頭脳等も同様に退化したのでしょうか、一寸自分では足の様には判然と解り兼ねます。『風車小屋からの便り』は今月二十日頃に終りますので次のを御願い致します。一日五頁（対訳五頁計十頁）位が目下の速力です。モーパッサン『二人の友』メリメ『賭博』『エミールの日記』の中どれでも構いません。一冊八十円位らしいですから出来たら全部御願いします。それを終ってもし自信があれば原書に入りたいと思います、Misère de la Philosophie（哲学の貧困）La Conquête du Pain クロポトキン（ぱんの征服）Contradictions économique（Philosophie de la Misère 別名 貧困の哲学）プルードン等読み度いと思いますが、来年の二月頃でないと読めないだろうと思います。ロシヤ語研究会も始まりましたが、これは出席はしますが本格的にやるのはフランス語が一段落ついてからにしたいと思って居ます。

尚九月は先便で書きましたが、面会は小平から来てもらう積りです。

パパはどうか御自愛下さい。翻訳に値する本を早くさがして下さい。不二子さんは仕事は甲斐がありますか、与っちゃんは会社へ帰りましたか、与っちゃん照夫両氏の手紙を待って居ます。

では又。

九月五日

私が愛する家族の皆様

哲太郎より

注〔YMCA〕GHQ総司令官マッカーサー元帥への手紙を英訳してくれた所。〔R. L. Durging〕米国側からついてくれた弁護士ダーギン。〔星条旗紙〕"The Stars & Stripe"

（書簡二十一、巣鴨の近況報告と妹不二子に励ましをこめて）

今日は九月二十六日の夜九時頃です。不二子さんには偶には何とか近況でも報告せねばならぬと思いつつ、矢張り小平の方へばかり書いて了うのですが、今夜は義務の一つを果して肩の重荷をとり度いと思います。といっても御恥しい事乍らこれとて取立てて御報告する種もないC級戦犯者の端くれです、強いて書けば、日頃のウップンをぶちまける事とはなり何とも面白くない事ばかりなので、これは書きますまい、といってパパの御病気の事を如何に僕が心配して居ると書いたとて何ともなるでなし、その気持を紙に書くのも更に何の役にも立つではなし。目下痔の手術の痕も完全に癒えて肉体はメキメキ恢復の一途をたどって居るという事だけが御知らせする価値のある位のものです。

何度も述べた通り、極く少数分子を除いて巣鴨は思想的に極めて頑迷の人々の集りですので、彼等と話をしても一寸も面白くなし、といって、私自身勉強に専念して居るので碁や麻雀や謡曲等、又歌謡曲等は可笑しくって仕方がないし、それがうるさくって、……まあこんな日常の生活です。唯一のたのしみは仏蘭西語が上達した事です。今ではまあ辞典さえあれば普通のものは読めるようになりました事が私の最もうれしい事です。英仏独露は自由に読めるようになるという小さな念願だけは案外早くものになりそうです。頭脳はさ程退化しては居ないとも考えられます。或いは、そんな事を考えるだけ既に駄目になって居るのでしょうか。然し私は勉強は何時始めてもよい、六十の手ならいであってもよいと考えてそれを唯一のより所として居ます。

さて君はいよいよ社会人として活躍を始められたが、そしてそれは（働く事は）現代の婦人として大いに当然の事であり、楽しく且つ辛い事ではあろうが、その労働の余暇には何卒運動と研究に充分力を用いられん事を御願い致します。幸い君はあの苦しい家計の中を専門学校迄出て基礎は一応あるのだから、そして大熊信行先生等について経済も研究したこともあるのだから、どうか平和な明るい豊かな日本の建設（ナショナリズムを云うのではない）は如何なる道を選ぶべきかに対する態度に於て、歴史の必然おもむく所の判断に於て決して安易な妥協を選ばれない事を希望します。顧みれば私の半生は妥協々々でした。今になって痛切にそれを感じて居ります。宗教（君がもし何かの宗教を奉じて居るのなら）の本質を早く喝破されん事を又切望するものでもあります。サンシモンはその新基督教に於てカソリック、新教をともに異端なりときめつけ乍ら又もや彼のサンシモン教を提唱して居り、相変らず説得と証明に凡ての期待を掛けて居りますが、初期の空想社会主義者が、斯くまで空想的だったとは今日彼の『ジュネーブ人の手紙』なる日本評論社の古典文庫の一冊を借用して読み終った後の感想です。照夫ちゃんは小学館は駄目だったらしいですね、働く意志があってその機会の得られない社会の常だから、自信を落す必要はない。アメリカだって失業々々だ。知人達も一生兵隊で飯を食うというのが多い。失職がないし、戦死すれば一万ドル貰えるし、仕方なくあきらめて居る。では又。

九月二十六日

哲太郎

不二子様

皆々様

（書簡二十二、判決は下りても依然として巣鴨にあることを嘆く）

九月五日及び二十三日附けのママからの手紙頂きました。他の方々からは一寸途絶えて居ます。便りが無いのは健康で多忙なだけだと思って居ります、命が助かったのですっかり安心したのでしょうね。そう思って居ます。有難い事であると思って居ます。生活と闘う事は自分の命を護る事であり、斯る社会組織の下では至上命令ですから。

私は極めて健康で、精神的にも物凄い程張り切って居ますから御休心下さい。労働も一般の作業をやるようになり、一人前になりました。皆はブラ〳〵やっていますが、私は身体の事を考えて怠けずにセッセとシャベルを振ったり手押車を押したりして居ます。そして午後からの運動の時間は勉強に充てて居ります。ですから一日十六時間の中、最低八時間乃至十五時間は読書と思索に没頭して居ります。

作業は目下一週五日位で、一日は四時間の作業です。それ以外は食事、入浴、日曜日の映画（CIEの教育映画）位のもので、以外は全くの自由時間です。ですから如何に勉強が出来るか、御想像願います。勿論、外には出たいが、斯る勉強の機会は又とないからと思って居ります。この気持は判りましょうか、真理を求める心が今の私の総てであります、或いは真理に憧れると言った方が宜しいでしょうか。すべての欲望が勉学の形となって居ると言ってよいかも知れません。私は巣鴨で一番勉強して居る少数の人々の中の一人です。そんなわけで、私が希望して差入れてもらった本及び『経済学大綱』は大部繰り返して読んで了いました、そして先日御願いした仏蘭西語の本を首を長くして待って居ます。

（未だ第六棟に居ります）

（翻訳する本を至急捜して下さい）

昨夜は本の事を考えて二時頃まで睡られず、やっと寝たかと思うと、又その夢ばかりです。経済的の事を考えぬ訳ではないのですが、現在の私には、一日十五時間も麻雀したりする事は出来ぬのです。私が生きて居るのは真理を求める心があればこそで、吉村学長や麻雀地獄の巣鴨に何で生きる事が出来ましょう、私は監獄に居るのです、何かの張り合い（私の場合は勉強）なくして生き得る処ではありません。此処は監獄であるのです。ノート（この前の程度のもの二冊）最も安いノート（鉛筆で書くのですからザラ紙のが適当です、昨年あたり大学生が駅で買って居たようなものを頁数で五〇〇頁位〈三〇〇頁分でもいいです〉、或いはザラ紙そのものがずっと安いようでしたらそれでも結構です、自分で製本しますから)。
裁判の書類は、裏面を全部使用して無くなりました、巣鴨で配給は一ケ月三十枚の便箋だけです。仏蘭西語の本は白水社の訳註叢書の中どれでも良いのです。大学書林でも出して居ます。これが高価だったら要は仏蘭西語だったら何でもよいのですが、出来ればジイド・リストの『経済学説史』なら英訳本があるから、あれと対照して読むと最も適当です。あれなら一冊で訳註書十五冊分位の分量があるから一冊それにして下さい。四、五ケ月或いは半年は充分勉強出来ます。与志郎さんか不二子さんに御願いします。『大思想全集』『マルクス・エンゲルス全集』『社会思想全集』の中で未だ家にあるものは書名(一冊の中に含まれて居る内容)を私に手紙で知らせて下さい。そして未だ処理してなければどうぞ売らないで下さい。では右至急御願い致します。来月は新丸子から与っちゃん不二子ちゃんの中で都合のついた方に面会に来て頂き度く思います。照夫ちゃん就職御目出度う、確率は二百分の一ですね素晴らしい。パパの御闘病を祈って居ります。

不孝ものの

十月十日

哲太郎より

愛する家族の皆様へ

注〔吉村学長〕巣鴨プリズン内にあった「すがも学園」の学長。〔照夫ちゃん就職〕弟の照夫が難関を突破して小学館に入社した。

助命嘆願文と再審決定命令訳文

（極東軍総司令官マッカーサー元帥に宛てた助命嘆願文和訳）

一九四九年五月十一日

関係者の方々へ

昨年十二月二十三日、第八軍軍事法廷において加藤哲太郎元中尉にたいする判決が宣告されましてから、私はこの判決にたいして今日まで同意できずにまいりました。

私の考えといいますのは、妹という血縁からのものではなくて、兄哲太郎が巻きこまれたこの事件を、よりいっそう注意ぶかく法律的にも調査すべきだと信ずるからであります。

この事件の重要な点は、一九四五年七月十九日、スピヤズという一人の戦争俘虜が収容されていた収容所の外で殺され、加藤哲太郎が残虐行為に加わったということでありますが、この事件に深く関わりがあると私たちが考えております人物たちのうち、関東東北地区の北陸戦争俘虜収容所長だった酒葉大佐は別に裁判をうけて終身刑になりました。藤田先任軍曹とごく少数の部下が取調べをうけ、それぞれ有罪と認められた裁判でもありました。

加藤哲太郎は三年間の逃亡ののち、昨年逮捕されて第八軍軍事法廷に連行されました。彼が逃亡（なぜ逃げ隠れしたかについてはいくつかの理由がありますが）しておりましたから、他の人たちとは一緒に裁判を受けませんでした。私たちはこの点で加藤を非難しなくてはならないこと、まことに残念でなりません。しかしながら、たとえどこで事件が生じたとしても、裁判所は真実を追求する組織であると私たちは理解しております。たとえその事件の裁判がすでに終了したとしても、隠れた真実が明らかになる可能性があるときには、当局はとうぜんその可能性を調べるべきです。その可能性については、私は加藤哲太郎がこれまで語っていない二、三の事実を当局にお伝えできますことを、まことにうれしく存じます。当局がこれらの事実に特別のご配慮を賜わりますれば、感謝この上もございません。

一、加藤哲太郎の告白

私が加藤と面会しましたのは、本年五月十日、巣鴨プリズンにおいてであります。この際、彼は私にこれまで誰にも語らなかったつぎの二点の事実をのべました。また彼が五月十日に、スピヤズ処刑の真実を説明する手紙をマッカーサー元帥に送ったことも語りました。その二つの事実とはつぎのようなものであります。

（一）彼は法廷で自分はスピヤズにたいして銃剣で最初の一撃を与えたと申し上げましたが、事実ではありません。藤田軍曹とその部下が行ったことです。彼はスピヤズを日本の軍事裁判にかけるよう努めましたが、その努力は失敗に終りました。このように加藤は語りました。私は彼が法廷で自らの手でスピヤズを殺したと語ったことを信じておりませんでした。なぜなら日本陸軍の伝統と慣例では、処刑を行うとき、将校が万やむを得ず武器としての軍刀を使用するほかは、将校が最初に実行することを認めていなかったからです。通例ではそうしたことは個人的な場合にのみ行われており、処刑の場合には銃剣を携帯する伍長や曹長らによって行われたことです。加藤は法廷で、あえて自分がスピヤズを殺すのに銃剣を用いたと証言しました。私は当局がいま一度、慎重に調査してくださいますよう心からお願い申し上げます、(数日前に行われた彼の告白と法廷での陳述と) どちらが真実でありますかを。

(二) スピヤズは一九四五年七月十九日に殺されました。彼が殺される同じ日の少し前に、病院ではある戦争俘虜にたいする盲腸炎手術が行われました。この手術は加藤哲太郎の目の前で実行されましたから、とうぜん加藤は病院におったことになります。

まず第一に当局は彼が病院にいたかどうかを確かめていただきたいと思います。もしこのことが事実なら、彼は医療手術のほうにより強く関心を向けていたのであって、スピヤズのことはふかく考えてはいなかったと私は申し上げられます。言いかえますと、彼はスピヤズにたいして何ら殺人の意図を持ち合わせていなかったのです、スピヤズ逃亡の報告を受けていたにもかかわらず。

さらに申し上げますと、この事実から判断して、私たちは加藤が部下の目を外に転じようとしたと想像できます、部下がスピヤズを殺すか、あるいは殺すよう強く迫るのを怖れたからであります。

二、藤田軍曹の法廷での陳述

この裁判において藤田を除く被告は、加藤がスピヤズにたいし第一撃を加えたと認めましたが、藤田はつぎのようにのべました。

「そのとき、私はスピヤズを後にして立っていましたから、誰が最初の一撃を与えたのか見ておりません」と。

この陳述はまことに奇妙であります。藤田は下士官の上位にいる加藤の重要な部下の一人でありました。彼はまた誰がそこにいたか、また誰がスピヤズを殺したかを知っているにちがいない人物であります。人間を一人殺すことは尋常ではありません、誰かが藤田の重大な懸念にたいし注意を払うべきでありますし、加藤にたいし最良の助言者になるものと考えられる藤田がこの件について何一つ発言しないことになります。なぜ藤田は加藤がスピヤズに第一撃を加えたと他の被告のように認めなかったのでしょうか。

それは良心の呵責以外の何ものでもありません。彼は加藤の部下の中でもっとも高い教育をうけた人物でした。彼は人間の良心とは何かを知っていたのだし、当時この裁判が進行中であったことも承知していたのです。

加藤の先ほどの告白と藤田の法廷での陳述との間の関連について、私たちには真実を見出せないものでしょうか。私は心からこの点について当局に特別のお骨折りを賜わりますようお願い申し上げます。

三、広橋氏の証言

広橋まもる氏は陸軍に派遣された（軍属の）民間人でありましたし、加藤が責任者であった新潟俘虜収容所の警備員でした。彼はこの事件との関連では裁判をうけず、証人として喚問されたこともありません。しかしながら彼は昨年十二月、加藤が死刑というラジオ放送をきいて驚きました。

彼はラジオ・ニュースの思いがけない結果に、すっかり動転してしまいました。加藤の管轄下にあって、この事件の性質を十分に知っていた者としてこの結果に同意できないため、ラジオをきくやすぐさま彼は加藤のため法廷に立って自分の考えを伝えたいと、法廷に手紙を送る決心をしました。でも運悪く彼は法廷に立つことをしませんでしたが、新潟から横浜へ出向きます、と再審裁判には請願書を送りました。この広橋氏は、加藤が自らの手でスピヤズを殺さず、または加藤がスピヤズを殺すよう命令を下しもしなかったことを確信をもって語りました。広橋氏のこの証言に関して、幸運なことに私たちは彼の署名の入った証拠を所持しております。もし当局が必要としますならば、いつでも提出する用意がございます。

一方、広橋氏と関連する不可解なことについてですが、彼は加藤がスピヤズを殺しもせず命じもしなかったとなぜ知っていたのかについて、私たちには語りませんでした。私たちはここに提示できる決定的な証拠を持ち合わせておりませんが、広橋氏がスピヤズ殺害に関しての多くの秘密を握っていると考えております。広橋氏を証人として召喚して、スピヤズが殺されたときの彼の見解を尋問していただきたく思います。

私は藤田軍曹の証言と広橋氏の語る内容とは、彼等から別べつに話を聞きましたために、ある種の疑いを抱いております。

これまで私は、兄の証言と法廷での内田や他の被告の発言を何ひとつ信じておりません。昨日（一九四九年五月十日、巣鴨プリズンで）私が兄加藤の告白を聞きましても、少しも驚きませんでした。私は咄嗟に「やっぱり私の想像は正しかったのだわ」とつぶやきました。

兄はこの面会で、この裁判のことをいろいろ語りましたが、そのすべてを覚えてはおりません。しかし、つぎの事実だけを、私は心に留めております、加藤哲太郎は自らの手で俘虜を殺さなかったし、スピヤズが殺される少し前の時間には病院にいて俘虜の盲腸手術に立ち会っていたのだと。けれども私は彼がマッカーサー元帥に宛てた手紙で、この裁判について長ながと書きましたことは十分に理解できます。この手紙が元帥のもとにとどき、当局に渡りますよう願っております。

ここに記しましたことすべてが真実でありますことを、われらが主イエス・キリストの御名をもって誓います。

どうぞいま一度この事件をお取り上げになって、最初から再審理していただきますようお願い申し上げます。

加藤不二子（哲太郎妹）
（住所）神奈川県川崎市新丸子七三三番地

（横浜軍事法廷における判決文およびマ元帥再審命令書和訳）

極東軍総司令部

APO　500　一九四九年五月十六日

軍事法廷　命令第十三号

（訳　文　省　略）

元日本帝国陸軍中尉　加　藤　哲　太　郎

起訴理由――日本帝国陸軍上記身分の者、すなわち加藤哲太郎中尉は、下記の起訴状中でふれる時期および場所において、さらに合衆国とその連合国および独立国と日本との間の戦争期間中に、戦争法規および慣習に違反した。

起訴状一――一九四五年七月十九日かそのころ、東京地方俘虜収容所第五分所（新潟、本州、日本）において被告加藤哲太郎は、フランク・スピヤズ（アメリカ軍俘虜）を積極的かつ不法に銃で突き、さらに部下に命じ指揮して同俘虜を銃で突かしめたため死亡させるに至った。

起訴状二――一九四四年八月二十八日から十月一日までの間に、東京地方俘虜収容所第五分所（新潟、本州、日本）において被告加藤哲太郎は、マイケル・O・キャロン（カナダ軍俘虜）に対し積極的かつ不当な取扱いを行った、すなわちゲンコツおよび軍刀を用いて打擲し足蹴をした、そのため人事不省におとしいれた。

起訴状三――一九四五年五月一日から七月までの間に、東京地方俘虜収容所第五分所（新潟、本州、日本）において被告加藤哲太郎は、積極的かつ不当な虐待を行った、すなわちJ・ブライアント（カナダ軍俘虜）に対しゲンコツおよび軍刀を用いて打擲したし、ロイ・フォウラー（カナダ軍俘虜）には軍

GENERAL HEADQUARTERS
FAR EAST COMMAND

Military Commission)
Orders No.........13)

APO 500
16 May 1949

Before a Military Commission which convened at the Yokohama District Courthouse, Yokohama, Japan, on 18 December 1948, pursuant to Letter Order, AG 000.5 (5 Dec 45)LS, General Headquarters, Supreme Commander for the Allied Powers, APO 500, dated 5 December 1945, Subject: "Regulations Governing the Trials of Accused War Criminals," as amended by Letter Order, AG 000.5 (27 Dec 46)LS-L, General Headquarters, Supreme Commander for the Allied Powers, APO 500, dated 27 December 1946, Subject: "Amendments to Regulations Governing the Trials of Accused War Criminals"; Letter Order, AG 000.5 (YO), Headquarters Eighth Army, United States Army, Office of the Commanding General, APO 343, dated 5 February 1946, Subject: "Rules of Procedure and Outline of Procedure for Trials of Accused War Criminals," as amended by Letter Order, AG 000.5 (YR), Headquarters Eighth Army, United States Army, Office of the Commanding General, APO 343, dated 16 January 1947, same subject; Letter Order, AG 000.5 (3 Dec 48)LS, General Headquarters, Supreme Commander for the Allied Powers, APO 500, dated 3 December 1948, Subject: "Trial of Suspected War Criminals;" 1st Indorsement thereto, AG (YR) 000.5, Headquarters Eighth Army, APO 343, dated 16 December 1948, to Colonel Henry Y. Lyon; and Paragraph 2, Special Orders Number 280, Headquarters Eighth Army, United States Army, Office of the Commanding General, APO 343, dated 16 December 1948, as amended by Paragraph 1, Special Orders Number 282, Headquarters Eighth Army, United States Army, Office of the Commanding General, APO 343, dated 18 December 1948, was arraigned and tried:

Tetsutaro Kato, formerly a First Lieutenant in the Imperial Japanese Army

COPY

000.5

CHARGE: That the following member of the Imperial Japanese Army, with his then known title: Tetsutaro KATO, First Lieutenant, at the times and places set forth in the specifications hereto attached and during a time of war between the United States of America, its Allies and Dependencies, and Japan, did violate the Laws and Customs of War.

SPECIFICATION 1: That on or about 19 July 1945 at or near Tokyo Area Prisoner of War Camp 5-B, Niigata, Honshu, Japan, the accused, Tetsutaro KATO, did willfully and unlawfully bayonet and did order, direct and cause others under his command to bayonet Frank Spears, an American Prisoner of War, thereby causing his death.

SPECIFICATION 2: That between 28 August 1944 and 1 October 1944 at or near Tokyo Area Prisoner of War Camp 5-B, Niigata, Honshu, Japan, the accused, Tetsutaro KATO, did willfully and unlawfully mistreat Michel O. Caron, a Canadian Prisoner of War, by beating him with fists and sword and kicking and otherwise abusing him into insensibility.

刀をもって怪我を負わせた。

起訴状四――一九四五年三月三十一日から九月一日にかけて、東京地方俘虜収容所第五分所（新潟、本州、日本）において被告加藤哲太郎は、他の者と共同してドナルド・W・ボイル（アメリカ軍俘虜）を積極的かつ不当に虐待した、すなわちゲンコツでなぐり、さらには人事不省になるまで蹴った。またウィリアム・B・ショウ（イギリス軍俘虜）をゲンコツでなぐって人事不省におちいらせ、さらに足で蹴ったり踏みつけたりしたし、上記ウィリアム・B・ショウに一方の目の視力を失わしめた。

起訴状五――一九四四年五月一日から七月一日にかけて、東京地方俘虜収容所本所（大森、本州、日本）において被告加藤哲太郎は、ブライス・J・マーティン（アメリカ軍俘虜）に対し積極的かつ不当な虐待を行った、すなわちゲンコツでなぐり、さらに人事不省になるまで足蹴りをした。

答　弁

各起訴状および起訴理由に対し、無罪。

事　実　認　定

起訴状一および二については、有罪。起訴状三については、有罪。ただし「ゲンコツおよび」を削除する（ゆえにaの文字を代用する）。削除した字句については無罪。代入した語については有罪。また「さらにロイ・フォウラー（カナダ軍俘虜）には軍刀をもって怪我を負わせた」の字句を削除する。削除した字句については無罪。起訴状四については、有罪。つぎの字句「人事不省に」（起訴状五行目）および「上記ウィリアム・B・ショウに一方の目の視力を失わしめた」の字句を削除する。削除した字句については無罪。起訴状五については、有罪。「人事不省になるまで」を削除する。この削除した字句については無罪。起訴理由については有罪。

判　決

絞首刑　被告加藤哲太郎に対するこの判決は、一九四八年十二月二十三日に宣告された。

……………………………………………

(MCO 13)

SPECIFICATION 3: That between 1 May 1945 and 1 July 1945 at or near Tokyo Area Prisoner of War Camp 5-B, Niigata, Honshu, Japan, the accused, Tetsutaro KATO, did willfully and unlawfully mistreat Alfred J. Briand, a Canadian Prisoner of War, by beating him with fists and sword; and Roy Fowler, a Canadian Prisoner of War, by hacking him with a sword.

SPECIFICATION 4: That between 31 March 1945 and 1 September 1945 at or near Tokyo Area Prisoner of War Camp 5-B, Niigata, Honshu, Japan, the accused, Tetsutaro KATO, with others, did willfully and unlawfully mistreat Donald W. Boyle, an American Prisoner of War, by beating him with fists and kicking him into insensibility; and WilliamsB. Shaw, a British Prisoner of War, by beating him with fists, kicking and trampling him into insensibility and thereby causing the said William B. Shaw to lose the sight of one eye.

SPECIFICATION 5: That between 1 May 1944 and 1 July 1944 at or near Tokyo Area Main Prisoner of War Camp, Omori, Honshu, Japan, the accused, Tetsutaro KATO, did willfully and unlawfully mistreat Brice J. Martin, an American Prisoner of War by beating him with fists, and kicking him into insensibility.

PLEAS

To the Specifications and Charge: Not Guilty.

FINDINGS

Of Specifications 1 and 2: Guilty.

Of Specification 3: Guilty, excepting the words "fists and", substituting therefor the word, "a"; of the excepted words, not guilty. Of the substituted word, guilty. Also excepting the words, "and Roy Fowler, a Canadian prisoner of war, by hacking him with a sword"; of the excepted words, not guilty.

Of Specification 4: Guilty, excepting the words, "into insensibility" (line 5 of the specification) and excepting the words, "and thereby causing the said William B. Shaw to lose the sight of one eye"; of the excepted words, not guilty.

Of Specification 5: Guilty, excepting the words "into insensibility"; of the excepted words, not guilty.

Of the Charge: Guilty.

SENTENCE

To be hanged by the neck until dead.

The sentence of the accused Tetsutaro Kato was adjudged 23 December 1948.

2

軍命令第十三号

以下の内容は当局の再審決定である。

合 衆 国 陸 軍 第 八 軍 司 令 部

横浜、日本　一九四九年二月二十三日

加藤哲太郎に関する上記裁判において、絞首刑を是認されたが、連合国軍最高司令官が追認するまで刑は執行されないものとする。

（署名）ウォルトン・H・ウォーカー

陸軍中将、合衆国陸軍司令官

……………………………………………………

以下の内容は当局の追認決定である。

連 合 国 軍 総 司 令 部 最 高 司 令 官

一九四九年五月十六日

元日本帝国陸軍中尉加藤哲太郎に関する上記裁判において、判決は破棄され、今後軍司令官が指定する他の法廷において再審理を命じるものとする。

（署名）ダグラス・マッカーサー

陸軍元帥、合衆国陸軍最高司令官

エドワード・M・アーモンド

少将、総司令部参謀長

（ゴム印）

マッカーサー将軍の命令により

（担当者署名）R・M・レヴィ

大佐、AGD　高級副官

(MCO 13)

The following is the action of the reviewing authority:

"HEADQUARTERS EIGHTH ARMY
United States Army
Office of the Commanding General

Yokohama, Japan
23 February 1949

In the foregoing case of Tetsutaro Kato, the sentence of death by hanging is approved but will not be carried into execution until confirmed by the Supreme Commander for the Allied Powers.

(signed) Walton H. Walker
(typed) WALTON H. WALKER
Lieutenant General, United States Army
Commanding"

The following is the action of the confirming authority:

"GENERAL HEADQUARTERS
SUPREME COMMANDER FOR THE ALLIED POWERS
APO 500

16 May 1949

In the foregoing case of Tetsutaro Kato, formerly First Lieutenant in the Imperial Japanese Army, the sentence is disapproved and a rehearing is ordered before another court to be hereafter designated by the Commanding General, Eighth Army.

(signed) Douglas MacArthur
(typed) DOUGLAS MacARTHUR
General of the Army, United States Army
Supreme Commander"

BY COMMAND OF GENERAL MacARTHUR:

MAILED ... 49

EDWARD M. ALMOND,
Major General, General Staff Corps,
Chief of Staff.

OFFICIAL:

R M Levy

R. M. LEVY,
Colonel, AGD,
Adjutant General.

3

加藤哲太郎略年譜

西暦	年号	年齢	関係事項	社会事項
一九一七	大正六	一	二月二一日、父加藤一夫、母小雪の長男として東京に生まれる。	九月、金本位制停止。萩原朔太郎『月に吠える』刊。
一九一八	七	二	八月二二日、父一夫は神田豊穂らと春秋社を創立して出版活動を始める。わが国最初のトルストイ全集で成功を収めた。	七月、『新しき村』創刊。八月、シベリア出兵。
一九二三	一二	七	九月一日、関東大震災起こる。五日、父一夫は巣鴨警察に留置され、七日朝「東京を退去することを条件」に解放され、家族全員とともに兵庫県芦屋に転居する。	一月、『文藝春秋』創刊。大杉栄ら殺害される。
一九二四	一三	八	四月、哲太郎は芦屋精道村小学校に入学。四月一五日、妹不二子生まれる。	雑誌『マルクス主義』創刊。
一九二五	一四	九	八月、父一夫が芦屋を引き払い東京に帰り現在の武蔵野市吉祥寺に居を定めたため、哲太郎は私立明星学園小学校に転入。	三月、治安維持法成立。五月、普通選挙法公布。

一九二八	昭和　三	一二	四月、更に父がこの年神奈川県の現在の横浜市緑区中山に転居したので、哲太郎はそれまで通っていた明星学園中学から横浜の関東学院中学に転入する。	六月四日、張作霖の列車爆破事件。共産党機関紙『赤旗』創刊。
一九三二	七	一六	四月、慶應義塾大学予科に入学。	三月、満州国建国宣言。
一九四〇	一五	二四	三月、慶應義塾大学経済学部卒業、卒業論文は中国塩政史に関する論文「支那塩業論」をまとめる。のちに『中華塩業事情』として出版され「三田学界雑誌」に紹介された。四月、北支那開発株式会社に入社、北京へ。	一月、毛沢東の「新民主主義論」発表。津田左右吉の『神代史の研究』発禁。一〇月、大政翼賛会発会式。
一九四一	一六	二五	八月、徴兵検査を受け甲種合格。一二月、召集され世田谷の野砲兵連隊入営し一週間後に中国大陸に渡る。あまり希望しないうちに幹部候補生となって内地に帰還する。再度、北京へ。	一〇月、東条英機内閣。一二月、真珠湾攻撃。
一九四二	一七	二六	内地の宇都宮へ転属され、予備役陸軍少尉となり野砲兵連隊に配属。ついで語学力を買われ結果として不運の引き金となった東京大森の俘虜収容所勤務にまわされる。	六月、ミッドウェー海戦。
一九四三	一八	二七	召集将校として東京湾埋立地（現、平和島）に本所を置いた東部軍管轄下の俘虜収容所、即ち東京俘虜収容所に勤務し、敗戦までの約	九月、イタリア無条件降伏。一〇月、中野正剛割腹自殺。一二月、学徒出陣入隊。

			三年間、日立第五派遣所長、大森俘虜労務係将校、新潟第五分所長として俘虜の労務管理の直接の責任者の立場に立たされることになる。	
一九四四	一九	二八	九月、新潟俘虜収容所長となる。俘虜が肺炎と栄養失調で死亡率が高いため待遇改善に真剣に取り組む。	六月、米軍B29機、本土空襲開始。七月、サイパン島玉砕。
一九四五	二〇	二九	俘虜のスピヤズが二度目の逃亡をする。八月、敗戦により召集解除。米軍の俘虜から「戦争裁判にかかる、逃げろ」と聞き、ひとり罪を負って地下生活に入る。仙台、九州、四国、広島、神奈川などへ逃亡生活。逃亡中、戸塚福子と結婚する。	五月、ドイツ無条件降伏。八月、ソ連軍満州国境侵入。同一五日、終戦。三〇日、マッカーサー元帥、厚木に到着。
一九四八	二三	三二	一一月、都下小平で逮捕され、戦犯として巣鴨刑務所に拘禁される。一二月二三日、長女祈子《のりこ》が生まれる。同日、横浜の第八軍軍事法廷に於て絞首刑の判決が下される。即座に家族や友人知人そして父一夫関係の知識人などあらゆる方面からの助命嘆願運動が起こる。ちなみに、当時の内閣総理大臣の片山哲氏は父一夫の田辺中学時代の友人、賀川豊彦氏は父の明治学院神学部時代	一月、帝銀事件。六月、昭和電工疑獄事件。一二月一三日、田中角栄は炭管疑獄で逮捕される。一二月二三日、東条英機らA級戦犯の処刑。『暮しの手帖』創刊。

一九四九　二四　三三

の同級生、アレキサンドリア・リョーフナ・トルスタヤ女史はトルストイの三女でかつて加藤一夫が彼女を日本に呼び寄せたとき加藤家にも立ち寄ったという縁で、その他YWCA、YMCAの長老など数えきれないほどの知識人をはじめ多くの人々が助命嘆願運動に参加。

五月一〇日、不二子と巣鴨で面会、本人からマッカーサーに宛てた書簡発送される。五月一一日、不二子もマッカーサー司令部に直訴状を届ける。

五月一六日、それらの運動が功を奏し、多くの軍事裁判のなかで後にも先にも加藤哲太郎がただ一人だけマッカーサー元帥によって裁判のやり直しが命ぜられた。即ち前の裁判は軍事裁判に対するマ元帥の指令の要求する証拠によらず、被告にとって一方的に不利な証拠のみで行われたという理由により、判決を却下し再審理を命ずるという趣旨である。

六月二四日、再審判決で終身刑。即日、第八軍司令官の書類審査で禁固三十年に減刑される。


三月、ドッジライン強調。

四月、GHQは単一為替レートを一ドル三六〇円に設定。

五月、シャウプ税制使節団来日。

一〇月、『きけわだつみのこえ』刊行。

一一月、湯川秀樹ノーベル物理学賞を受く。

一九五〇	二五	三四	巣鴨の獄中にて猛烈な勢いで勉学と思索を積み重ねる。	六月、朝鮮戦争勃発。七月、警察予備隊創設。
一九五一	二六	三五	一月二五日、父加藤一夫死亡。哲太郎、獄中にて著作活動を始める。	マ元帥罷免される。サンフランシスコ講和条約調印。
一九五二	二七	三六	九月、岩波書店の雑誌『世界』十月号に投稿し「私達は再軍備の引換え切符ではない」が掲載される。筆者名を「一戦犯者」としたため笹川良一らの指弾により犯人探し始まる。一〇月二〇日、手記「狂える戦犯死刑囚」と同二二日「戦争は犯罪であるか」を執筆。	一月、李承晩ライン宣言。二月、東大ポポロ事件。五月、血のメーデー事件。
一九五三	二八	三七	二月、飯塚浩二編『あれから七年——学徒戦犯の獄中からの手紙』が光文社より出版され「狂える戦犯死刑囚」「戦争は犯罪であるか」が、それぞれ志村郁夫と戸塚良夫のペンネームで収録され大反響を浴びる。	三月、吉田茂首相の「バカヤロー」発言で国会解散。一〇月、池田・ロバートソン会談で防衛問題が話題に。
一九五四	二九	三八	五月、泉三太郎訳、カザケーヴィチ著『オーデルの春』を分担翻訳する。	六月、防衛庁設置法・自衛隊法各公布。
一九五五	三〇	三九	このころ巣鴨戦犯の職業実習をかね巣鴨から新丸子の自宅に通ってきて弟与志郎の指導で塩化ビニールの材料ステアリンを製造。	
一九五八	三三	四二	四月、残余の刑を免除されて巣鴨刑務所から釈放される。	一月、米国初の人工衛星打上げ成功。

一九五九　三四　四三

一〇月、石毛通治よりの連絡で「私は貝になりたい」というテレビ・ドラマが放映されることを知る。

一〇月三一日、一二月二一日の二回にわたり橋本忍作、岡本愛彦演出「私は貝になりたい」がTBSより放映される。

一月二三日、橋本忍作「私は貝になりたい」は題名も筋立ても加藤哲太郎の原文を演釈し引き伸ばしドラマの各人物を配したものにすぎないことに気づき、社団法人日本著作権協議会仲裁委員会に申立書を提出し著作権の主張と解決のための斡旋を依頼する。

二月二日、『映画評論』十一月号所載のテレビ・ドラマ脚本「私は貝になりたい」に原作権主張の追加申立書を提出する。

二月一七日、株式会社東宝との間に、

原作
　物語、構成　橋本　忍
　題名、遺書　加藤哲太郎

のタイトルを入れることで原作映画化の契約

六月、憲法問題研究会第一回総会。

一二月、一万円札発行。

一月、キューバ革命。

三月、『朝日ジャーナル』創刊。

四月、皇太子成婚。

九月、伊勢湾台風。

この年の後半から岩戸景気。

			を結ぶ。 三月、『婦人公論』三月号に「私はなぜ〝貝になりたい〟の遺書を書いたか」を発表。	
一九六〇	三五	四四	一一月四日、著作権紛争に関して東京地検の小林検事に「事情説明書」を提出。 一一月、ＴＢＳと覚書を交わし、株式会社東宝との契約に準じ、同様のタイトル表示を入れることを申し合わせる。	六月、安保改定阻止デモ。 一〇月、浅沼社会党委員長右翼青年に刺殺される。
一九六五	四〇	四九	このころ川崎市久末にて英語塾を始める。	
一九七〇	四五	五四	このころより病気のため入退院をくり返す。	
一九七六	五一	六〇	七月二九日、食道ガンで死没。	二月、ロッキード疑獄事件が表面化する。

哲太郎学生時代の加藤家——前列右から父一夫、母小雪、妹美地子、後列右から都立第８高女３年の不二子、哲太郎、次男与志郎、三男照夫(昭和14年)。

陸軍少尉時代の加藤哲太郎と父加藤一夫。

耐えがたきを耐え忍び難きを忍べということは私に死ねということなのですか？ 私は殺されます。そのことはもう決まりました。私は死ぬ迄 陛下の命令を守ったわけです。ですからもう貸し借りはありません。大体あなたから御借りしたものは、支那の戦地ので 貰った 七八本の煙草と、病院で貰った御菓子だけでした。随分高価な煙草と御菓子でした。私は私の命と、長い間の苦しみを払いました。ですから、どんなにうまい言葉を使ったってもうダマサれません。あなたとの貸し借りは無しです。あなたに借りはありません。もし私が今度日本人に生れ替ったとしても、決してあなたの御命令には従いません。二度と兵隊にはなりません。

けれど今度生れ代るならば、私は日本人になりたくありません。いや、私は人間になりたくはありません。牛や馬にも生れません。人間にいじめられますから。どうしても生れ代らなければならないのなら私は、カキになりたいと思います。カキならば海の深い岩にへばりついて何の心配もありませんから。何も知らないから、悲しくも嬉しくもないし。痛くも痒くもありません、頭が痛くなることもないし、兵隊にとられることもない。戦争もない、妻や子供の心配することもないし、どうしても生れ替らなければならないのなら私はカキに生れ替る積りです。

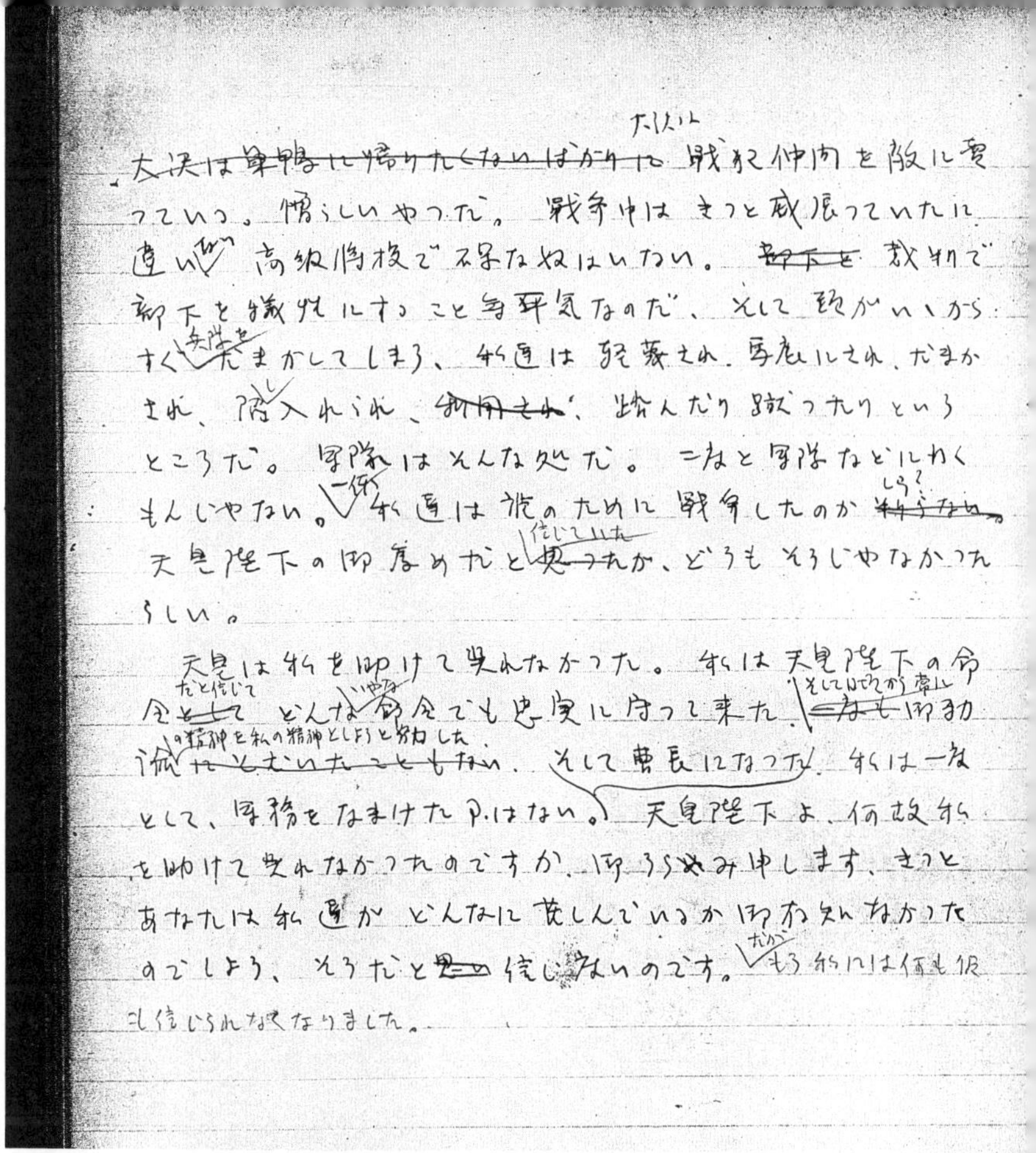

大沢は戦犯仲間を敵に売っている。憎らしいやつだ。戦争中はきっと威張っていたに違いない。高級将校で碌な奴はいない。裁判で部下を犠牲にすること平気なのだ、そして頭がいいからすぐ兵隊をだましてしまう、私達は軽蔑され、馬鹿にされ、だまかされ、陥し入れられ、踏んだり蹴ったりというところだ。軍隊はそんな処だ。二度と軍隊などにはいくもんじゃない。一体私達は何のために戦争したのか天皇陛下の御為めだと信じていたが、どうもそうじゃなかったらしい。

天皇は私を助けて呉れなかった。私は天皇陛下の命令だと信じてどんないやな命令でも忠実に守って来た。そして御勅諭の精神を私の精神としようと努力した。そして曹長になった。私は一度として、軍務をなまけた事はない。天皇陛下よ、何故私を助けて呉れなかったのですか、御うらみ申します、きっとあなたは私達がどんなに苦しんでいるか御存知なかったのでしょう、そうだと信じないのです。だがもう私には何も彼も信じられなくなりました。

右：遺書『私は貝になりたい』を書いた初稿ノート。天皇への献辞と「カキ」の部分。
左：再審裁判で減刑判決を受けた加藤哲太郎（前列右より二人目）と母の小雪。

再審裁判の法廷に立つ加藤哲太郎(左側＝P服の人)

解説

内海愛子

スガモプリズンに拘留されていた若きBC級戦犯たちは、匿名で、またフィクションや遺書の形をかりて、その「叫び」や思索を表現してきた。

スガモプリズンは一九五二年まで米軍の管理下にあった。また、日本に管理が移管された後も、サンフランシスコ講和条約第十一条で、赦免、減刑、仮釈放の権限を裁判国がにぎっていた。このような状況では、その訴えは匿名によらざるをえなかった。場合によっては、経歴すらかえている。匿名性は、当時の状況では不可欠だったのである。そのため四十年近い歳月の中で、一冊の手記集に文章を寄せた仲間ですら、作品と作者が特定できなくなっている。その作品は読まれても、作者についての情報は少なかった。

加藤哲太郎氏の作品についても、事情は似かよっている。志村郁夫の名で発表された「狂える戦犯死刑囚」、戸塚良夫の名前で発表された「戦争は犯罪であるか」は、いずれも『あれから七年』（光文社刊）に収められていた。これらの作品が加藤氏の筆によるものであることは、「私は貝になりたい」の著作権をめぐる経過のなかで、関係者の間では明らかにされてはいたが、今回初めて公にされたのである。

戦犯手記集『あれから七年』は、BC級戦犯の手記集のなかでも出色のものである。その出版の経緯は、著作権紛争の経過の稿に書かれているが、直接の編集者は実父と同姓同名の加藤一夫氏であったことも新しく明らかにされた（出版にあたっては、編者は飯塚浩二となっている）。

加藤哲太郎氏の匿名手記で、いま一つ注目すべきものに、雑誌『世界』への投稿がある。「私達は再軍備の引換え切符ではない――戦犯釈放運動の意味について」のなかで、加藤氏は、「私達が欲するのは、人道的見地を楯にとった、他からきり離して戦犯釈放だけを対象とした、死の商人達の運動のおかげで釈放されることではない」と断言している。戦犯が釈放を望まなかったわけではない。それどころか「釈放」の二文字を一日千秋の思いで待ち望んでいた。それでも、その釈放が、再軍備と引換えであってはならないことを、彼は訴えたのである。

この一篇の投書が、巣鴨（日本に管理が移った後、スガモプリズンは巣鴨刑務所と名称を変更）をゆさぶった。塀の外にいた「一部の顔役」たちの指示で、投書の「犯人」さがしが、所内の大佐クラスの元将校によっておこなわれたからである。当然、加藤哲太郎氏もその「犯人」として、疑われたであろう。しかし、巣鴨の若きBC級戦犯の中には、加藤氏と考えを同じくする仲間がいた。戦犯という自らの置かれた現実のなかで、日本のアジアへの侵略、日本軍の実態、戦争裁判のあり方をじっくり考え続け、勉強を続けてきた人たちである。平和グループともいうべきこれらの人々は、朝鮮戦争の勃発と日本の再軍備の動きに危機感を募らせていたのである。加藤氏の投書は、こうした若き戦犯たちに支持されたこともあって、犯人さがしは中止された。

騒動は終息したが、投書は、いろいろな動きを引きおこした。巣鴨の内部にあった旧職業軍人を中心とした元高級将校のグループと、下級兵士や召集の将校ら平和グループとの思想的対立を顕在化させたことも、そのひとつである（平和グループについては、詳しくは拙稿「朝鮮戦争とスガモプリズン」『思想』一九八五年八月号参照）。

いまひとつは、平和グループのメンバーによる巣鴨の外に向かっての積極的な発言である。「戦犯」という文字で、当時の日本の社会はA級もBC級戦犯も一緒に考える傾向があった。そうしたBC級戦犯自身が、日本の戦争がアジアへの侵略戦争であったことを、戦争への加担を自省し、戦争責任を考え続けている戦犯たちがいることを知らせたのである。先の『あれから七年』や『壁あつき部屋』（理論社刊）に収められた手記は、こうしたグループの人たちの手による深い自省をこめた戦争批判の書であるだけに反響も大きかった。

BC級戦犯たちが、匿名を使い、危険をおかしても訴えたかったのはなんだったのだろうか。戦犯裁判の不当性もあるだろう。天皇や財閥なども ふくめて、戦争責任をとるべき多くの者たちが責任を逃れたこともある。天皇の軍隊への批判もある。軍隊の中で権限をもち、戦争を指導してきた将校たちが戦後もそのまま温存されていること、国民の手による戦争裁判が必要なこと、戦争を具体的に、個別的に、体験的に示さなければならないこと、戦争に参加した者が一人一人自分の戦争犯罪を語ることによって、侵略戦争の犯罪性があきらかになり、平和運動への力になることも訴えている。それぞれが自分の体験をベースにした作品のなかで、これらの問題を提起した。加藤氏もこうした動きの中心にいたのである。

加藤哲太郎氏が問われたＢＣ級戦犯裁判について、簡単に説明しておきたい。

日本が受諾した「ポツダム宣言」の第一〇項には「吾らの俘虜を虐待せる者を含む一切の戦争犯罪人に対しては厳重なる処罰を加へらるべし」との文言がある。そして、九月二日に調印した「降伏文書」には、この宣言を「誠実に履行すること」が明記されている。アメリカなど連合国による日本の戦争犯罪人の処罰は、降伏条件の一つであった。

一九四六年一月十九日、連合国軍最高司令官マッカーサーは、極東国際軍事裁判所条例を公布し、「極東国際軍事裁判」（通称、東京裁判）が開廷されることになった。戦争指導者など日本の重大戦争犯罪人いわゆるＡ級戦犯二八人を裁いたこの裁判は、一九四六年五月三日から四八年四月十六日までの約二年間にわたって審議がおこなわれた。起訴の対象期間は、一九二八年一月一日から一九四五年九月二日までの約十七年八か月におよんでいる。

これにたいし、特定の地域で、「通例の戦争犯罪」を行った者にたいする裁判が、ＢＣ級戦犯裁判と呼ばれているものである。この裁判は、アメリカ、イギリス、オーストラリア、オランダ、フランス、中華民国、フィリピンが行っていた（このほか人民共和国）。この場合の「通例の戦争犯罪」とは、「戦争の法規又は慣例の違反」と定義され一九四三年十二月、連合国戦争犯罪委員会によって採択されている三二項目におよぶ「犯罪」をさしていた。謀殺・集団殺害・組織的テロ行為、一般民衆の拷問、強姦、非人道的状態下の一般民衆の抑留、略奪、財産没収、負傷者または俘虜の虐待、許容されない方法で俘虜を就労させること、無差別な集団逮捕などが、この犯罪としてあげられている。

日本が受諾した「ポツダム宣言」のなかで、日本軍の数ある戦争犯罪のうちでも、連合国が唯一特定していたのが、俘虜虐待であった。日本の俘虜政策と俘虜の処遇は、東京裁判における大きな問題点であったばかりでなく、BC級裁判における主要な争点ともなっていたのである。

俘虜の取扱を定めた、「俘虜の待遇に関する国際条約」（ジュネーブ条約）がある。日本もこの条約の「準用」を、交戦国に約束している。当然、条約に拘束されることになる。だが、連合国の俘虜の犠牲は大きかった。東京裁判の判決文には、英米人俘虜一三万二一三四人中、三万五七五六人が死亡したと述べられている。約二七パーセント、俘虜の四人に一人が死亡した計算になる。東京裁判のウエッブ裁判長の属するオーストラリアの俘虜の犠牲者はさらに多く、二万二三七六人のうち八〇三一人が死亡したとの記述がある。三五・九パーセントという高い比率で俘虜が死亡したことになる。

こうした高い死亡率にみられる日本の俘虜の処遇に関して、連合国は戦争中から抗議を繰り返していた。加藤氏もその処遇に心を砕いていたことが手記のなかから読みとることができる。だが、待遇改善をしたくとも、できることはきわめて限られていた。そんな余裕など当時の日本にはなかったのである。

戦後、俘虜情報局がまとめた『俘虜取扱に関する諸外国からの抗議集』には、連合国の抗議と日本側の回答が収められている。繰り返される俘虜虐待にたいする連合国の抗議と「ポツダム宣言」の文言から、日本の俘虜収容所の責任が厳しく追及されることを、当然に予想していたと考えられる。

そのため、敗戦直後の八月二十日には「俘虜及抑留者を虐待し或は甚だしく俘虜より悪感情を懐かれある職員は、此の際速やかに他に転属或は行衛を一斉に晦す如く処理するを可とす、又敵に任するを不利とする書類も秘密書類同様用済の後は必ず廃棄のこと」との指令を、俘虜収容所長名で関係部隊に出している。加藤氏の逃亡もこうした指令にもとづくものであっただろう。このような指令を出さざるをえないほど、俘虜問題は緊迫していたといえるだろう。

法務省大臣官房司法法制調査部がまとめた『戦争犯罪裁判概史要』によれば、起訴されたBC級戦犯容疑者五七〇〇人の一七パーセント、有罪者三四一九人（無期四七五人、有期二九四四人）の二七パーセント、死刑九八四人の一一パーセントが、俘虜収容所関係者で占められている。この数字は、憲兵隊につぐ多くの戦争犯罪人を、俘虜収容所から出したことを物語っている。

俘虜の問題は、日本の戦争犯罪の大きな位置を占めていたにもかかわらず、戦後、この俘虜政策はほとんど問題にされてこなかった。俘虜への戦争犯罪の認識すら希薄であった。俘虜の問題にかんするかぎり、今日のわれわれの認識も人権意識もかなり危ういものがある。

アジアへの加害者としての日本と日本人——こうした認識がようやく広がりをもってきたのは、平和グループの告発から二十年も遅れた七〇年代にはいってからである。戦後五十年、過去の「清算」が問題となっている。私たちが過去の侵略戦争の歴史をどう認識し、克服していくのか。裁判の書類には出てこない戦犯たちの心の揺れと痛み、苦悩を記した手記集は、私たちが戦争責任や戦争裁判を考えるうえで貴重なものである。こうした手記として、すでに飯田進『スガモ・

プリズンからの手紙』（倒語社）が刊行されている。

命を削るような逃亡生活のすえに、俘虜虐待の責任を問われ、戦争責任を考え続けてきた加藤氏の作品をまとめた本書もまた、私たちの戦争観、歴史認識を問う上で欠かすことのできない書である。アジアへの加害という視点をふまえて日本の戦争責任を考え続けた加藤哲太郎氏の手記は、「過去の克服」という課題に向きあう人びとに多くの示唆を与えるだろう。

（恵泉女学園大学　教授）

本書は一九九四年の初版から「著作権紛争の経過資料」を割愛し、普及版としたものです。

加藤哲太郎（かとう　てつたろう）

1917年東京生まれ。1940年慶應義塾大学経済学部卒。北支那開発株式会社入社後、応召。野砲兵連隊所属から語学力を買われ俘虜収容所勤務となる。敗戦後はBC級戦犯として絞首刑判決を受けるが、マッカーサー元帥の再審命令で減刑、のち釈放される。1976年病没。

著書『中華塩業事情』（龍宿山房）、共著『あれから七年』（光文社）

私は貝になりたい　あるBC級戦犯の叫び　**【普及版】**

1994年10月25日　初　版第1刷発行
2018年 6 月25日　普及版第1刷発行

著　者　加藤哲太郎
編　者　加藤不二子
発行者　澤畑吉和
発行所　株式会社 春秋社
〒101-0021
東京都千代田区外神田2-18-6
電話　(03)3255-9611（営業）　(03)3255-9614（編集）
振替　00180-6-24861
http://www.shunjusha.co.jp/
印刷所　萩原印刷株式会社
装　丁　中山銀士
装　画　勝部浩明

ISBN 978-4-393-44168-8　定価はカバー等に表示してあります。